钱锺书集

七缀集

生活·讀書·新知 三联书店

Copyright © 2019 by SDX Joint Publishing Company.
All Rights Reserved.
本作品版权由生活·读书·新知三联书店所有。
未经许可，不得翻印。

图书在版编目（CIP）数据

七缀集／钱锺书著．—2 版．—北京：生活·
读书·新知三联书店，2019.10　（2023.4 重印）
（钱锺书集）
ISBN 978－7－108－06596－4

Ⅰ．①七⋯　Ⅱ．①钱⋯　Ⅲ．①世界文学－文学研究－文集
Ⅳ．① I106-53

中国版本图书馆 CIP 数据核字（2019）第 091469 号

责任编辑　冯金红
装帧设计　陆智昌
责任印制　董　欢
出版发行　生活·讀書·新知 三联书店
　　　　　（北京市东城区美术馆东街 22 号 100010）
网　　址　www.sdxjpc.com
经　　销　新华书店
印　　刷　山东临沂新华印刷物流集团有限责任公司
版　　次　2002 年 6 月北京第 1 版
　　　　　2019 年 10 月北京第 2 版
　　　　　2023 年 4 月北京第 20 次印刷
开　　本　880 毫米 × 1230 毫米　1/32　印张 6.25
字　　数　122 千字
印　　数　106,001－109,000 册
定　　价　36.00 元
（印装查询：01064002715；邮购查询：01084010542）

出 版 说 明

钱锺书先生(一九一〇——一九九八年)是当代中国著名的学者、作家。他的著述,如广为传播的《谈艺录》、《管锥编》、《围城》等,均已成为二十世纪重要的学术和文学经典。为了比较全面地呈现钱锺书先生的学术思想和文学成就,经作者授权,三联书店组织力量编辑了这套《钱锺书集》。

《钱锺书集》包括下列十种著述:

《谈艺录》、《管锥编》、《宋诗选注》、《七缀集》、《围城》、《人·兽·鬼》、《写在人生边上》、《人生边上的边上》、《石语》、《槐聚诗存》。

这些著述中,凡已正式出版的,我们均据作者的自存本做了校订。其中,《谈艺录》、《管锥编》出版后,作者曾做过多次补订;这些补订在两书再版时均缀于书后。此次结集,我们根据作者的意愿,将各次补订或据作者指示或依文意排入相关章节。另外,我们还订正了少量排印错讹。

《钱锺书集》由钱锺书先生和杨绛先生提供文稿和样书;陆谷孙、罗新璋、董衡巽、薛鸿时和张佩芬诸先生任外文校订;陆文虎先生和马蓉女士分别担任了《谈艺录》和《管锥编》的编辑工作。对以上人士和所有关心、帮助过《钱锺书集》出版的人,我们都表示诚挚的感谢。

生活·讀書·新知三联书店
一九九九年十二月一日

为了满足广大读者的需求,继《钱锺书集》繁体字版之后,我们又出版了这套《钱锺书集》简体字版(《谈艺录》、《管锥编》因作者不同意排简体字版除外)。其间,我们对作者著述的组合作了相应调整,并订正了繁体字版中少量文字和标点的排校错误。

生活·讀書·新知三联书店
二〇〇一年十二月十日

钱锺书对《钱锺书集》的态度
（代　序）
杨　绛

我谨以眷属的身份,向读者说说钱锺书对《钱锺书集》的态度。因为他在病中,不能自己写序。

他不愿意出《全集》,认为自己的作品不值得全部收集。他也不愿意出《选集》,压根儿不愿意出《集》,因为他的作品各式各样,糅合不到一起。作品一一出版就行了,何必再多事出什么《集》。

但从事出版的同志们从读者需求出发,提出了不同意见,大致可归纳为三点。(一)钱锺书的作品,由他点滴授权,在台湾已出了《作品集》。咱们大陆上倒不让出?(二)《谈艺录》、《管锥编》出版后,他曾再三修改,大量增删。出版者为了印刷的方便,《谈艺录》再版时把《补遗》和《补订》附在卷末,《管锥编》的《增订》是另册出版的。读者阅读不便。出《集》重排,可把《补遗》、《补订》和《增订》的段落,一一纳入原文,读者就可以一口气读个完整。(三)尽管自己不出《集》,难保旁人不侵权擅自出《集》。

钱锺书觉得说来也有道理,终于同意出《钱锺书集》。随后他因病住医院，出《钱锺书集》的事就由三联书店和诸位友好协力担任。我是代他和书店并各友好联络的人。

钱锺书绝对不敢以大师自居。他从不厕身大师之列。他不开宗立派，不传授弟子。他绝不号召对他作品进行研究，也不喜旁人为他号召，严肃认真的研究是不用号召的。《钱锺书集》不是他的一家言。《谈艺录》和《管锥编》是他的读书心得，供会心的读者阅读欣赏。他偶尔听到入耳的称许，会惊喜又惊奇。《七缀集》文字比较明白易晓，也同样不是普及性读物。他酷爱诗。我国的旧体诗之外，西洋德、意、英、法原文诗他熟读的真不少，诗的意境是他深有领会的。所以他评价自己的《诗存》只是恰如其分。他对自己的长篇小说《围城》和短篇小说以及散文等创作，都不大满意。尽管电视剧《围城》给原作赢得广泛的读者，他对这部小说确实不大满意。他的早年作品唤不起他多大兴趣。"小时候干的营生"会使他"骇且笑"，不过也并不认为见不得人。谁都有个成长的过程，而且，清一色的性格不多见。钱锺书常说自己是"一束矛盾"。本《集》的作品不是洽调一致的，只不过同出钱锺书笔下而已。

钱锺书六十年前曾对我说：他志气不大，但愿竭毕生精力，做做学问。六十年来，他就写了几本书。本《集》收集了他的主要作品。凭他自己说的"志气不大"，《钱锺书集》只能是菲薄的奉献。我希望他毕生的虚心和努力，能得到尊重。

一九九七年十一月二十一日

作者和女儿钱瑗在北京大学中关园

七缀集

书名由杨绛先生题签

目　录

修订本前言 ·············· 1
序 ·············· 1
中国诗与中国画 ·············· 1
读《拉奥孔》 ·············· 33
通感 ·············· 62
林纾的翻译 ·············· 77
诗可以怨 ·············· 115
汉译第一首英语诗《人生颂》
　及有关二三事 ·············· 133
一节历史掌故、一个宗教寓言、
　一篇小说 ·············· 164

附　录

《也是集》原序 ·············· 184
《旧文四篇》原序 ·············· 185

修订本前言

此书出版以来,我作了些修订。我感谢魏同贤同志,给它机会面世。辛广伟同志辛勤帮助这本书的出版,我向他致谢。附带一提,《集》中三篇文章已被法国学者郁白先生(Nicolas Chapuis)选入我的《诗学五论》(*Cinq Essais de Poétique*)(1987, Christian Bourgois Éditeur),作了精审的移译,我在译本《后序》里,也表达了"内销"转为"出口"的惊喜了。

钱锺书

一九九三年四月

序

这一本文集是全部《旧文四篇》和半部《也是集》的合并。前书由上海古籍出版社于一九七九年九月出版,后书由香港广角镜出版社于一九八四年三月出版,两书原有的短序保存为本集的附录。

《旧文四篇》于五年前问世,早已很难买到。《也是集》虽然在香港新出版,但不便在内地销售。我国读者似乎有个习惯,买不到书,就向常常无能为力的作者本人写信诉苦。有一位读者——也许该说,一位无书而欲读者——来信,要求我把《也是集》和《旧文四篇》会聚一起,在京沪出版,以便流传。我遵照他善意的建议,也借机会把前四篇大大改动一下,又在后三篇里作了些小修订;删去《也是集》的下半部,因为那只是从《谈艺录》新本里摘选的,而北京中华书局明年初就出版《谈艺录》全书了。

这本书是拼拆缀补而成,内容有新旧七篇文章。我想起古代"五缀衣"、"七缀钵"等名目,题为《七缀集》。

当年《旧文四篇》的编成出版,多亏了魏同贤同志的热心和大力。这一次,依然是他的热心和大力,使下面几篇半中不西、半洋不古的研究文章,仍由以整理中国古典著作闻名的上海古籍出版社印行,仿佛"半吊子"、"二毛子"之类还可以作为"古君子"的团结对象。我向他致深切的感谢。

钱锺书

一九八四年十一月 北京

中国诗与中国画

一

这不是一篇文艺批评,而是文艺批评史上一个问题的澄清。它并不对中国旧诗和旧画试作任何估价,而只阐明中国传统批评对于诗和画的比较估价。

当然,文艺批评史很可能成为一门自给自足的学问,学者们要集中心力,保卫专题研究的纯粹性,把批评史上涉及的文艺作品,也作为干扰物而排除,不去理会,也不能鉴别。不过,批评史的研究,归根到底,还是为了批评。我们要了解和评判一个作者,也该知道他那时代对于他那一类作品的意见,这些意见就是后世文艺批评史的材料,也是当时一种文艺风气的表示。一个艺术家总在某些社会条件下创作,也总在某种文艺风气里创作。这个风气影响到他对题材、体裁、风格的去取,给予他以机会,同时也限制了他的范围。就是抗拒或背弃这个风气的人也受到它负面的支配,因为他不得不另出手眼来逃避或矫正他所厌恶的风气。正像列许登堡所说,模仿有正有负,"反其道以行也是一种模仿"(Grade das Gegentheil tun ist auch eine Nachahmung);圣佩韦也说,尽管一个人要推开自己所处的时代,但仍要和它接触,而且接触得很着实(On touche encore à son temps,et très fort,même quand on le repousse)①。所以,风气是创作里的潜势力,是作品的背景,而从作品本身不一定看得清楚。我们阅读当时人所信奉的理论,看他们对具体作品的褒贬好恶,树立什么标准,提出什么要求,就容易了解作者周遭的风气究竟是怎么一回事,好比从飞沙、麦浪、波纹里看出了风的姿态。

一时期的风气经过长时期而能持续,没有根本的变动,那就是传统。传统有惰性,不肯变,而事物的演化又迫使它以变应变,于是产生了一个相反相成的现象。传统不肯变,因此惰性形成习惯,习惯升为规律,把常然作为当然和必然。传统不得不变,因此规律、习惯不断地相机破例,实际上作出种种妥协,来迁就演变的事物。批评史上这类权宜应变的现象,有人曾嘲笑为"文艺里的两面派假正经"(ipocrisia letteraria)②,表示传统并不呆板,而具有相当灵活的机会主义。它一方面把规律定得严,抑遏新风气的发生;而另一方面把规律解释得宽,可以收容新风气,免于因对抗而地位摇动。它也颇有外交老手的"富于弹性的坚定"(elastic or flexible rigidity)那种味道。传统愈悠久,妥协愈多,愈不肯变,变的需要愈迫切;于是不再能委屈求全,旧传统和新风气破裂而被它破坏。新风气的代兴也常有一个相反相成的表现。它一方面强调自己是崭新的东西,和不相容的原有传统立异;而另一方面更要表示自己大有来头,非同小可,向古代也找一个传统作为渊源所自。例如西方十七、八世纪批评家要把新兴的长篇散文小说遥承古希腊、罗马的史诗③;圣佩韦认为当时法国的浪漫诗派蜕变于法国十六世纪的诗歌。中国也常有相类的努力。明、清批评家把《水浒》、《儒林外史》等白话小说和《史记》挂钩;我们自己学生时代就看到提倡"中国文学改良"的学者煞费心机写了上溯古代的《中国白话文学史》,又看到白话散文家在讲《新文学源流》时,远追明代"公安"、"竟陵"两派。这种事后追认先驱(préfiguration rétroactive)的事例④,仿佛野孩子认父母,暴发户造家谱,或封建皇朝的大官僚诰赠三代祖宗,在文学史上数见不鲜。它会影响创作,使新作品从自发的天真转而为自觉的有教养、有师法;它也改造传统,使旧作品产生新意义,沾上新气息,增添新价值。

　　一个传统破坏了,新风气成为新传统。新传统里的批评家对于旧传统里的作品能有比较全面的认识,作比较客观的估计;因为他具有局外人的冷静和超脱,所谓"当局称迷,傍观见审"(元行冲《释疑》),而旧传统里的批评家就像"不识庐山真面目,只缘身在此山中"(苏轼《题西林壁》)。除旧布新也促进了人类的集体健忘,一种健康的健忘,千头万绪简化为二三大事,留存在记忆里,节省了不少心力。旧传统里若干复杂问题,新的批评家也许并非不屑注意,而是根本没想到它们一度存在过。他的眼界空旷,没有枝节零乱的障碍物来扰乱视线;比起他这样高瞻远瞩,旧的批评家未免见树不见林了。不过,无独必有偶,另一个偏差是见林而不见树。局外人也就是门外汉,他的意见,仿佛"清官判断家务事",有条有理,而对于委曲私情,终不能体贴入微。一个社会、一个时代各有语言天地,各行各业以至一家一户也都有它的语言田地,所谓"此中人语"。譬如乡亲叙旧、老友谈往、两口子讲体己、同业公议、专家讨论等等,圈外人或外行人听来,往往不甚了了。缘故是:在这种谈话里,不仅有术语、私房话以至"黑话",而且由于同伙们相知深切,还隐伏着许多中世纪经院哲学所谓彼此不言而喻的"假定"(suppositio)⑤,旁人难于意会。释袾宏《竹窗随笔》论禅宗问答:"譬之二同邑人,千里久别,忽然邂逅,相对作乡语隐语,旁人听之,无义无味。"这其实是生活中的平常情况,只是"听之无义无味"的程度随人随事不同。批评家对旧传统或风气不很认识,就可能"说外行话",曲解附会。举一个文评史上的惯例罢。

我们常听说中国古代文评里有对立的两派,一派要"载道",一派要"言志"。事实上,在中国旧传统里,"文以载道"和"诗以言志"主要是规定各别文体的职能,并非概括"文学"的界说。"文"常指散文或"古文"而言,以区别于"诗"、"词"。这两句话看来针锋相对,实则水米无干,好比说"他去北京"、"她回上海",或者羽翼相辅,好比说"早点是稀饭"、"午餐是面"。因此,同一个作家可以"文载道",以"诗言志",以"诗余"的词来"言"诗里说不出口的"志"。这些文体就像梯级或台阶,是平行而不平等的,"文"的等次最高。西方文艺理论常识输入以后,我们很容易把"文"一律理解为广义的"文学",把"诗"认为文学创作精华的同义词。于是那两句老话仿佛"顿顿都喝稀饭"和"一日三餐全吃面",或"两口儿都上北京"和"双双同去上海",变成相互排除的命题了。传统文评里有它的矛盾,但是这两句不能算是矛盾的口号。对传统不够理解,就发生了这个矛盾的错觉。当然,相反地,也会发生统一的错觉,譬如我们常听说中国诗和中国画是融合一致的。

二

诗和画号称姊妹艺术。有人进一步认为它们不但是姊妹,而且是孪生姊妹。唐人只说:"书画异名而同体。"(张彦远《历代名画记》卷一《叙画之源流》)自宋以后,大家都把诗和画说成仿佛是异体而同貌。郭熙《林泉高致》第二篇《画意》:"更如前人言:'诗是无形画,画是有形诗。'哲人多谈此言,吾人所师。"冯应榴《苏诗合注》卷五〇《韩干马》:"少陵翰墨无形画,韩干丹青不语诗。"孔武仲《宗伯集》卷一《东坡居士画怪石赋》:"文者无形之画,画者有形之文,二者异迹而同趣。"张舜民《画墁集》卷一《跋百之诗画》:"诗是无形画,画是有形诗。"释德洪觉范《石门文字禅》卷八:《宋迪作八景绝妙,人谓之"无声句"。演上人戏余曰:"道人能作'有声画'乎?"因为之各赋一首》。岳珂《宝真斋法书赞》卷一三《薛道祖白石潭诗帖》:"'画'以'有声'著,'诗'以'无声'名。'有声'者,道祖之所已知;'无声'者,道祖之所欲为而未能者也。"《宋诗纪事》卷五九钱鍪《次袁尚书巫山诗》:"终朝诵公有声画,却来看此无声诗";《全宋词》三四五三页陈德武《望海潮》:"对无声诗,哦有声画,仪形已见端倪":这两处的"有声画"指诗,而"无声诗"指景物,由画引申,指入画的真山真水。两者只举一端,像黄庭坚《次韵子瞻、子由题憩寂图》:"李侯有句不肯吐,淡墨写作无声诗"、米友仁《自题山水》:"古人作语咏不得,我寓无声缣楮间"、周孚《题所画梅竹》:"东坡戏作有声画,叹息何人为赏音",例子更多。舒岳祥《阆风集》卷六《和正仲送达善归钱塘》:"好诗甚似无声画,昏眼羞同没字碑",求对仗的平仄匀称,换"有"字为"无"字,出了毛病。"碑"照例有"字","没字碑"是自身矛盾语,恰好用作比喻,去嘲笑目不识丁;"画"压根儿"无声",说"好诗似画",词意具足,所添"无声"两字就不免修辞学所谓"赘余的形容"(redundant epithet)了⑥。南宋孙绍远搜罗唐以来的题画诗,编为《声画集》;宋末名画家杨公远自编诗集《野趣有声画》,诗人吴龙翰作序,说:"画难画之景,以诗凑成;吟难吟之诗,以画补足。"(曹庭栋《宋百家诗存》卷一九)从那两部书名,可以推想这个概念的流行。

"无声诗"即"有形诗"和"有声画"即"无形画"的对比,和西洋传统的诗画对比,用意差不多。古希腊诗人(Simonides of Ceos)早说:"画为不语诗,诗是能言画。"⑦嫁名于西塞罗的一部修辞学里,论"互换句法"(commutatio)的第四例就是:"正如诗是说话的画,画该是静默的诗"(Item poema loquens pictura, pictura tacitum poema debet esse)⑧。达文齐干脆说画是"嘴巴哑的诗"(una poesia muta),而诗是"眼睛瞎的画"(una pittura cieca)⑨。莱辛在他反对"诗画一律"的名著里,引了"那个希腊伏尔太的使人眼花缭乱的对照"(die blendende Antithese des griechischen Voltaire),也正是那句希腊古诗,顺手又把他所敌视的伏尔太扫上一笔⑩。"不语诗"、"能言画"和中国的"无声诗"、"有声画"是同一回事,因为"声"在这里不指音响,而指说话,就像旧小说、旧戏曲里"不则(作)声"、"禁(噤)声"的那个"声"字。古罗马诗人霍拉斯的名句:"诗亦犹画"(ut pictura poesis erit),经后人断章取义,理解作"诗原通画"⑪,仿佛苏轼《书鄢陵王主簿折枝》所谓:"诗画本一律。"诗、画作为孪生姊妹是西方古代文艺理论的一块奠基石,也就是莱辛所要扫除的一块绊脚石,因为由他看来,诗、画各有各的面貌衣饰,是"绝不争风吃醋的姊妹"(keine eifersüchtige Schwester)⑫。

诗和画既然同是艺术,应该有共同性;它们并非同一门艺术,又应该各具特殊性。它们的性能和领域的异同,是美学上重要理论问题。我想探讨的,只是历史上具体的文艺鉴赏和评判。我们常听人有声有势地说:中国旧诗和中国旧画有同样的风格,体现同样的艺术境界。那句话究竟是什么意思?这个意思能不能在文艺批评史里证实?

三

那句在国画展览会上、国画史等著作里说惯、听惯、看惯的话,和"诗原通画"、"诗画一律",意义大不相同。"诗原通画"、

"诗画一律"是树立一条原理,而那句话只是叙述一个事实。前者认为:诗和画的根本性质是一致的;后者认为:在中国传统里,最标准的诗风和最标准的画风是一致的。假使前者成立,也许可以解释后者这个事实;假使后者成立,却还不够证明前者那条原理。对于前者,要求它言之成理,免于牵强理论;对于后者,要求它言之有物,免于歪曲历史。说破了,那句套话的意思就是:中国旧诗和中国旧画同属于所谓"南宗",正好比西洋文艺史家说,莎士比亚的戏剧和鲁本斯(Rubens)、雷姆勃朗德(Rembrandt)的绘画同属于"奇崛派"(Barock)⑬。

中国画史上最有代表性、最主要的流派是"南宗"。董其昌《容台别集》卷四有一节讲得极清楚:"禅家有南北二宗,唐时始分。画之南北二宗,亦唐时分也,但其人非南北耳。北宗则李思训父子着色山水,流传而为宋之赵幹、赵伯驹、伯骕以至马、夏辈。南宗则王摩诘始用渲淡,一变钩斫之法,其传为张璪、荆、关、董巨、郭忠恕、米家父子以至元之四大家;亦如六祖之后,有马驹、云门、临济儿孙之盛,而北宗微矣。要之摩诘所谓'云峰石迹,迥出天机,笔意纵横,参乎造化'者。东坡赞吴道子、王维画壁亦云:'吾于维也无间然。'知言哉!"(参看同卷《文人画自王维始》一条,叙述更详)董氏同乡书画家莫是龙《画说》一五条里有一条,字句全同;董氏同乡好友陈继儒《偃曝余谈》卷下有论旨相类的一条,坦白地把李思训、王维分别比为"禅家"北宗的神秀和南宗的惠能。南、北画家的区别,也可用陈氏推尊的王世贞的话来概括,《弇州四部稿》卷一五四《艺苑卮言·附录》卷三:"吴、李以前画家，实而近俗；荆、关以后画家，雅而太虚。今雅道尚存，实德则病。"这是明人鉴赏的常谈，清人承袭了，例如厉鹗说："尝以词譬之画，画家以南宗胜北宗。稼轩、后村诸人，词之北宗；清真、白石诸人，词之南宗也。"(《樊榭山房文集》卷四《张今涪红螺词序》)清人论书法，把南、北宗的概念来判别流派，而且应用到董其昌本人身上："太仆[归有光]文章宗伯[董]字，正如得髓自南宗"(姚鼐《惜抱轩诗集》卷八《论书绝句》三);"尝与钱梅溪[泳]论书，画派分南、北宗，书家亦分南、北。如颜、柳一派，类推至于吾家文敏[张照]，是为北宗；褚、虞一派，类推至于香光，是为南宗"(张祥河《关陇舆中偶忆编》)。近年来有人反对董其昌的分类，夏敬观先生《忍古楼画说》就批评说："余考宋、元以前论书，未见有'南、北宗'之说。夫南、北画派诚有别，然必剿袭禅宗之名以名之，而'南'、'北'字均无所取义，盖非通人所为。李思训父子为唐宗室，王维太原祁人，均北人也。只张璪唐人，余皆宋人，安见唐时已分南北乎？"

画派分南北和画家是南人、北人的疑问，不难回答。某一地域的专称引申而为某一属性的通称，是语言里的惯常现象。譬如汉、魏的"齐气"、六朝的"楚子"、宋的"胡言"、明的"苏意"；"齐气"、"楚子"不限于"齐"人、"楚"人，苏州以外的人也常有"苏意"，汉族并非不许或不会"胡说"、"胡闹"。杨万里说："诗'江西'也，非人皆江西也"(《诚斋集》卷七九《江西宗派诗序》);家铉翁说："奋乎齐鲁汴洛之间者，固中州人物也。亦有生于四方，奋于遐外，而道学文章为世所宗工，德业被于海内，虽谓之中州人物可也"(《元文类》卷三八家铉翁《题中州诗集后》;四库辑本《则堂集》漏收):更是文学流派名称的好例子。拘泥着地图、郡县志,太死心眼儿了。画派在"唐时"虽然未"分南北",但唐人诗文评早借用了"南北宗"的概念。遍照金刚《文镜秘府论》南卷《论文意》:"荀、孟传于司马迁,司马迁传于贾谊。乃知司马迁为北宗,贾生为南宗,从此分焉。"这位日本和尚居然讲司马迁而连《史记》都没看,不知道有《屈原贾生列传》,但他也显然道听途说,拣得了唐人的一些谈屑。伪托贾岛撰的《二南密旨》,据《四库全书总目》卷一九七的提要:"以《召南》'林有朴樕,野有死鹿'句,及鲍照'申黜褒女进,班去赵姬升'句,钱起'竹怜新雨后,山爱夕阳时'句,为南宗。以《卫风》'我心匪石,不可转也'句,左思'吾爱段干木,偃息藩魏君'句,卢纶诗'谁知樵子径,得到葛洪家'句,为北宗。"论画"剿袭禅宗之名",或许"无所取义",也还可以说有所借鉴。不过,真是"无所取义"么?

把"南"、"北"两个地域和两种思想方法或学风联系,早已见于六朝,唐代禅宗区别南、北,恰恰符合或沿承了六朝古说⑭。事实上,《礼记·中庸》说"南方之强"省事宁人,"不报无道",不同于"北方之强"好勇斗狠,"死而不厌",也就是把退敛和肆纵分别为"南"和"北"的特征。《世说·文学第四》记褚季野云:"北人学问,渊综广博。"孙安国答:"南人学问,清通简要。"支道林曰:"圣贤固所忘言。自中人以还,北人看书如显处视月,南人学问如牖中窥日。"历来引用的人只知道"牖中窥日"仿佛"管中窥豹",误解支道林为褒北贬南;而刘峻在这一节的注释里又褒南贬北,说什么北人"学广则难周,难周则识暗",南人"学寡则易核,易核则知明"。支道林是仲裁者讲公道话。孙、褚分举南、北"学问"各有长处,支承认这些长处,而指出它们也各有流弊,长处就此成为缺点(lé defaut de la qualité)。我国有关"性格类型"(personality types)的最早专著、三国时刘劭《人物志·八观》里第七观是:"观其所短,以知其所长。"支道林可以说是"观其所长,以知其所短"。"中人以还"的"中"不是《论语·雍也》"中人以下,中人以上"的"中",而是《中庸》"中庸其至矣乎"的"中",不指平常凑合、不出众,而指恰如其分、无偏差,就是《人物志·体性》所说:"中庸之德……抗者过之而拘者不逮,抗拘违中。""中人"以下追求广博,则流为浅泛;追求精简,则流为寡陋。浮光掠影和一孔片面都是毛病,尽管病情不同,但都是《人物志·材能》所称"偏材之人"。《隋书·儒林传》叙述经学,说"大抵南人约简,得其英华;北学深芜,穷其枝叶",这就像刘峻的注解,也简直是唐后对南、北禅宗的惯评了。看来,南、北"学问"的分歧,和宋、明儒家有关"博观"与"约取"、"多闻"与"一贯"、"道问学"与"尊德性"的争论,属于同一典型。巴斯楷尔区分两类有才智的人(deux sortes d'esprit):一类"坚强而狭隘",一类"广阔而软弱"(l'esprit pouvant être fort et étroit, et pouvant être ample et faible)⑮。康德曾分析"理性"里有两种基本倾向:一种按照万殊的原则,喜欢繁多(das Interesse der Mannigfaltigkeit, nach dem Princip der Specification);另一种按照合并的原则,喜欢单一(das Interesse der Einheit, nach dem Princip der Aggregation)⑯。禅宗判别南北,可以说是两类才智或两种理性倾向在佛教思想里的一个表现。

南宗禅把"念经"、"功课"全鄙弃为无事忙,要把"学问"简至无可再简、约至不能更约,说什么"微妙法门,不立文字,教外别传","经诵三千部,曹溪一句亡","广学知解,被知解境风之所漂溺"(《五灯会元》卷一释迦牟尼章次、卷二法达章次、卷三怀海章次)。李昌符《赠供奉僧玄观》"自得曹溪法,诸经更不看",张乔《宿齐山僧舍》"若言不得南宗要,长在禅床事更多",都是说南宗禅省"事",不看经卷,不坐禅床。南宗画的原则也是"简约",以经济的笔墨获取丰富的艺术效果,以减削迹象来增加意境(less is more—Robert Browring: "Andrea del Sarto")。张彦远讲"疏体画"用笔不同于"密体画",早说出这个理想:"笔才一二,像已应焉。离披点画,时见缺落,此虽笔不周而意周也。"(《历代名画记》卷二《论顾陆张吴用笔》)"周"是"周密"、"周到"、"周备"的"周"。他在本节里强调"书画用笔同",我们不妨挪借另一个唐人论书法的话作为注解:"'损'谓有余。……谓趣长笔短,常使意势有余,点画若不足。"(《全唐文》卷三三七颜真卿《张长史十二意笔法记》)"损"就是"见缺落","若不足"就是"不周"。当代卓著的美术史家论"印象派"(Impressionism)含蓄不露(suggestion)的手法,说:观画者不是无所用心,而是"更有事可做"(the artist gives the beholder increasingly "more to do"),参与了作画者的创造(making, creation),在心目中幻出

("conjured up" in our minds)那些未落迹象的景色(the inarticulate and unexpressed)⑰。也不外乎这个原则。休谟可能是首先拈示这种心理活动的哲学家,虽然他泛论人生经验,并未联系到文艺。他认为情感受"想像"的支配,"把对象的一部分隐藏不露,最能强烈地激发情感"(Nothing more powerfully excites any affection than to conceal some part of its object);对象蔽亏不明(by throwing it into a kind of shade),欠缺不全,就留下余地,"让想像有事可做"(leaves some work for the imagination),而"想像为了完足那个观念所作的努力又能增添情感的强度"(the effort which the fancy makes to compleat the idea gives an additional force to the passion)⑱。把休谟的大理论和我们的小题目拍合,对象"蔽亏"正是"笔不周",在想像里"完足"正是"意周","compleat"可算是"周"字的贴切英译。和石溪并称"二溪"的程正揆反复申明这一点。他的《青溪遗稿》似乎三百年来无人过问,不妨多引一些。卷一五《山庄题画》六首之三:"铁干银钩老笔翻,力能从简意能繁。临风自许同倪瓒,入骨谁评到董源。"卷二二《题卧游图后》:"论文字者谓增一分见不如增一分识,识愈高则文愈淡。予谓画亦然。多一笔不如少一笔,意高则笔减。何也?意在笔先,不到处皆笔['不'字直贯全句,等于'非到处皆笔']。繁皴浓染,刻划形似,生气滴矣。"卷二四《龚半千画册》:"画有繁减,乃论笔墨,非论境界也。北宋人千丘万壑,无一笔不减;元人枯枝瘦石,无一笔不繁。予曾有诗云云[即'铁干银钩'那一首]。"同卷《题石公画卷》:"予告石溪曰:'画不难为繁,难于用减,减之力更大于繁。非以境减,减以笔。'所谓'弄一车兵器,不若寸铁杀人'者也。"卷二六《杂著》一:"画贵减不贵繁,乃论笔墨,非论境界也。宋人千丘万壑,无一笔不减;倪元镇疏林瘦石,无一笔不繁。"翁方纲《复初斋诗集》卷一二《程青溪〈江山卧游图〉》"枯木瘦石乃繁重,千岩万壑翻轻灵",就地取材,正用程氏自己的话来题他的画。吴雯《莲洋集》卷六《题云林〈秋山图〉》"岂但秾华谢桃李,空林黄叶亦无多",也是赞叹倪瓒的"力能从简"。值得注意的是,程氏借禅宗的"话头"来比喻画法。"弄一车兵器,不是杀人手段。我有寸铁,便可杀人",那是宋代禅师宗杲的名言,儒家的道学先生都欣赏它的。例如朱熹《朱子语类》卷八就引用了,卷一一五教训门徒,又"因举禅语云:'寸铁可杀人;无杀人手段,则载一车枪刀,逐件弄过,毕竟无益。'"南宗禅提倡"单刀直入"(《五灯会元》卷九灵佑又卷一一守廓章次等),不屑拈枪弄棒,所谓:"只要单刀直入,不要广参"(《宗镜录》卷四一),嘲笑"博览古今"的"百会"为"一尚不会"(《五灯会元》卷七洛京南院和尚章次)。那和"南人学问"的"清通简要"、"约简得英华",只是程度上的差异。体现在造形艺术里,这个趋向就是绘画的笔墨"从简"、"用减"、"笔不周"。"南宗画"的定名超出了画家的籍贯,揭出了画风的特色,难道完全"无所取义"么?

那末,能不能说南宗画的作风也就相当于中国旧诗里正统的作风呢?

四

西洋文评家谈论中国诗时,往往仿佛是在鉴赏中国画。例如有人说,中国古诗"空灵"(intangible)、"轻淡"(light)、"含蓄"(suggestive),在西洋诗里,最接近韦尔兰(Verlaine)⑲。另一人说,中国古诗简约隽永,韦尔兰的《诗法》算得中国文学里传统原则的定义 (taken as the definition of the principle of Chinese literary tradition)⑳。还有人说,中国古诗抒情,从不明说,全凭暗示 (lyrical emotion is nowhere expressed but only suggested),不激动,不狂热,很少词藻、形容词和比喻(no excitement, no ecstasy, little or no rhetoric, few adjectives and very few metaphors or similes),歌德、海涅、哈代等的小诗偶有中国诗的风味㉑。这些意见出于本世纪前期,然而到现在还似乎代表一般人的看法。透过翻译而能那样认识中国诗,很不容易。一方面也许证明中国诗的艺术高、活力强,它像人体有"自动免疫性"似的,也具备顽强的免译性或抗译性,经受得起好好歹歹的翻译;一方面更表示这些批评家有艺术感觉和本土文学素养。一个绘画史家也指出,歌德的《峰巅群动息》(*Ueber allen Gipfeln ist Ruh*)和海涅的《孤杉孑然立》(*Ein Fichtenbaum steht einsam*)两首小诗和中国画的情调融合 (entsprechen jener lyrischen Stimmung)㉒。把中国旧诗和韦尔兰联系,最耐人寻味。韦尔兰宣称:

最好是"灰黯的诗歌",不着彩色,只分深淡(Rien de plus cher que la chanson grise. Pas de couleur, rien que la nuance)[23]。那简直就是南宗画风了:"画欲暗,不欲明;明者如觚棱钩角是也,暗者如云横雾塞是也。"(董其昌《画眼》)

一句话,在那些西洋批评家眼里,词气豪放的李白、思力深刻的杜甫、议论畅快的白居易、比喻络绎的苏轼——且不提韩愈、李商隐等人——都给"神韵"淡远的王维、韦应物同化了。西方有句谚语:"黑夜里,各色的猫一般灰色。"(La nuit tous les chats sont gris)据动物学家的研究,猫是色盲的,在白天看一切东西都是灰色(the daylight world is gray to the cat)[24]。正像人黑夜里看猫,猫白天看世界,西洋批评家看五光十色的中国旧诗都成为韦尔兰所向往的"灰黯的诗歌"(la chanson grise)。这种现象并不稀罕。习惯于一种文艺传统或风气的人看另一种传统或风气里的作品,常常笼统概括,有如中国古代隽语所谓"用个带草(怀素)看法,一览而尽"(见董说《西游补》)。譬如在法国文评家眼里,德国文学作品都是浪漫主义的,它的"古典主义"也是浪漫的、非古典的(unclassical);而在德国文评家眼里,法国的文学作品都只能算古典主义的,它的"浪漫主义"至多是打了对折的浪漫(only half romantic)[25]。德、法比邻,又同属于西欧文化大家庭,尚且如此,中国和西洋更不用说了。

和西洋诗相形之下,中国旧诗大体上显得情感不奔放,说话不唠叨,嗓门儿不提得那么高,力气不使得那么狠,颜色不着得那么浓。在中国诗里算是"浪漫"的,和西洋诗相形之下,仍然是

"古典"的;在中国诗里算是痛快的,比起西洋诗,仍然不失为含蓄的。我们以为词华够鲜艳了,看惯纷红骇绿的他们还欣赏它的素淡;我们以为"直恁响喉咙"了,听惯大声高唱的他们只觉得是低言软语。同样,从束缚在中国旧诗传统里的读者看来,西洋诗里空灵的终嫌着痕迹、费力气,淡远的终嫌有烟火气、荤腥味,简洁的终嫌不够惜墨如金。这仿佛国际货币有兑换率,甲国的两毛零钱折合乙国的一块大洋。西洋人评论不很中肯,那可以理解。他们不是个中人,只从外面看个大概,见林而不见树,领略大同而忽视小异。我们中国批评家不会那样,我们知道中国旧诗不单纯是"灰黯诗歌",不能由"神韵派"来代表。但是,我们也往往不注意一个事实:神韵派在旧诗传统里公认的地位不同于南宗在旧画传统里公认的地位,传统文评否认神韵派是标准的诗风,而传统画评承认南宗是标准的画风。在"正宗"、"正统"这一点上,中国旧"诗、画"不是"一律"的。

五

恰巧南宗画的创始人王维也是神韵诗派的宗师,而且是南宗禅最早的一个信奉者。《王右丞集》卷二五《能禅师碑》就是颂扬南宗禅始祖惠能的,里面说"弟子曰神会,……谓余知道,以颂见托";《神会和尚遗集·语录第一残卷》记载"侍御史王维在临湍驿中问和上若为修道"的对话。在他身上,禅、诗、画三者可以算是一脉相贯,"诗画是孪生姊妹"那句话用得惬当了。苏轼《东坡题跋》卷五《书摩诘〈蓝田烟雨图〉》说:"味摩诘之诗,诗中有画;观摩诘之画,画中有诗。"《凤翔八观·王维、吴道子画》说得更清楚:"摩诘本诗老,佩芷袭芳荪。今观此壁画,亦若其诗清且敦。"纪昀评点苏诗说:"'敦'字义非不通,而终有嵌押之痕。"指摘得很对。"敦"字大约是深厚之"义",可参看张彦远《历代名画记》卷一《论画山水树石》所谓"又若王右丞之重深",但和"清"连用(collocation),就很牵强,凑韵的窘态毕露了。

沈括《梦溪笔谈》卷一七:"书画之妙,当以神会,难可以形器求也。如彦远画评言:'王维画物,多不问四时;如画花往往以桃杏芙蓉莲花同画一景。'余家所藏摩诘《卧雪图》有雪中芭蕉,此难与俗人言也。"现存《历代名画记》里没有关于王维这一节,画花"不问四时"却是画里一个传统;《卧雪图》也早遗失,但"雪中芭蕉"一事广布久传,为文评和画评提供了一个论证㉖。都穆《寓意编》:"王维画伏生像,不两膝着地用竹简,乃箕股而坐,凭几伸卷。盖不拘形似,亦雪中芭蕉之类也。"这幅画后来为孙承泽收藏。《庚子销夏记》卷一《唐王维伏生图》:"一老生伏几而坐,手持一卷。……都元敬尝在贵人之家见此图,惊欢不置。"从此"雪中芭蕉"不是孤零零的事件,"难以形器求"的画风又添了佐证,评鉴家更容易施展"挽回"(recuperation)的手段,不理会"俗人"们"拘形似"的惊疑和嘲笑。神韵诗派大师王士禛就在这一点上把王维的诗和画贯通。《池北偶谈》卷一八:"世谓王右丞画雪里芭蕉,其诗亦然。如'九江枫树几回青,一片扬州五湖白',下连用'兰陵镇'、'富春郭'、'石头城'诸地名,皆辽远不相属。大抵古人诗画只取兴会神到。"名诗人兼画家金农更在这一点上把王维的画和禅贯通。《冬心集拾遗·杂画题记》:"王右丞雪中芭蕉为画苑奇构。芭蕉乃商飙速朽之物,岂能凌冬不凋乎?右丞深于禅理,故有是画,以喻沙门不坏之身,四时保其坚固也。余之所作,正同此意,观者切莫认作真个耳。"金农对"禅理"似乎不熟。禅宗有一类形容"不可思议"的"话头","'雨下阶头湿,晴干水不流;鸟巢沧海底,鱼跃石山头。'前头两句是平实语,后头两句是格外谈"(《五灯会元》卷一八祖琦章次);"格外谈"颇类似西方古修辞学所谓"不可能事物喻"(adynata, impossibilia)[22]。例如"山上有鲤鱼,海底有蓬尘","腊月莲花","昼入祇陀之苑,皓月当天。夜登灵鹫之峰,太阳溢目。乌鸦似雪,孤雁成群"(《五灯会元》卷二道钦、卷三道膺、卷一四道楷章次)[23]。鸠摩罗什译《维摩诘所说经·佛道品第八》"火中生莲华,是可谓希有",或昙无谶译《大般涅槃经·如来性品第四之二》"水中生于莲华,非为希有,火中生者,是乃希有",正是这一类比喻,很早被道士一眼瞧中,偷入《老子化胡经·玄歌章第一〇》"我昔化胡时"那一首里:"火中生莲华,尔乃是至真。"(《鸣沙石室佚书续编》)假如雪里芭蕉含蕴什么"禅理",那无非像海底尘、腊月或火中莲等等,暗示"希有"或"不可思议"。明季画家李流芳似乎领悟这个意思,《檀园集》卷一《和朱修能雪蕉诗》"雪中蕉正绿,火里莲亦长",就是把两种"不可能事物"结成配偶,使它们相得益彰了。

试举一首传诵的王维小诗,说明他的手法。《杂诗》第二首:"君自故乡来,应知故乡事。来日绮窗前,寒梅著花未?"赵殿成

《王右丞集笺注》:"按陶渊明诗云:'尔从山中来,早晚发天目。我居南窗下,今生几丛菊?'与右丞此章同一机杼,然下文缀语稍多,趣意便觉不远。右丞只为短句,有悠扬不尽之致。"批评不错,只是考订欠些。那首"陶渊明诗"是后人伪托的,上半首正以王维此篇为蓝本;下半首是:"蔷薇叶已抽,秋兰气当馥。归去来山中,山中酒应熟",结句又脱胎于李白《紫极宫感秋》:"陶令归去来,田家酒应熟。"㉙王维这二十个字的最好对照是初唐王绩《在京思故园见乡人问》:"旅泊多年岁,老去不知回。忽逢门前客,道发故乡来。敛眉俱握手,破涕共衔杯。殷勤访朋旧,屈曲问童孩。衰宗多弟侄,若个赏池台?旧园今在否?新树也应栽。柳行疏密布?茅斋宽窄裁?经移何处竹?别种几株梅?渠当无绝水,石计总成苔。院果谁先熟,林花那后开?羁心只欲问,为报不须猜。行当驱下泽,去剪故园莱。"这首诗很好,和王维的《杂诗》在一起,鲜明地衬托出同一题材的不同处理。王绩相当于画里的工笔,而王维相当于画里的"大写"。王绩问得周详地道,可以说是"每事问"(《论语·八佾》);王维要言不烦,大有"'伤人乎?'不问马"的派头(《论语·乡党》)。王维仿佛把王绩的调查表上问题痛加剪削,删多成一,像程正揆论画所说"用减"而不"为繁"。张彦远说:"笔才一二,像已应焉。离披点画,时见缺落。"程正揆说:"意高则笔减,繁皴浓染,刻划形似,生气漓矣。"这种议论可以和王士禛的诗评对照。《香祖笔记》卷六:"余尝观荆浩论山水而悟诗家三昧,曰:'远人无目,远水无波,远山无皴。'"㉚同书卷十:"《新唐书》如今日许道宁辈论山水,是真画也。《史记》如郭忠恕画天外数峰,略具笔墨,然而使人心服者,在笔墨之外也。'右王楙《野客丛书》中语,得诗文三昧;司空表圣所谓'不着一字,尽得风流'者也。"《蚕尾集》卷七《芝廛集序》大讲"南宗画"的"理",然后说:"虽然,非独画也,古今风骚流别之道,固不外此。"南宗画和神韵诗就是同一艺术原理在两门不同艺术里的体现了。

既然"诗家三昧"是"略具笔墨"、"不着一字",那末,写景工密的诗、叙事流畅的诗、说理痛快的诗都算不得"风骚流别"里的上乘了。例如谢灵运和柳宗元的风景诗都是刻划细致的,所以元好问《论诗绝句》说:"谢客风容映古今,发源谁似柳州深!"自注:"柳子厚,宋之谢灵运。"宋长白恰好把谢灵运的诗比于北宗画:"纪行诗前有康乐,后有宣城。譬之于画,康乐则堆金积粉,北宗一派也;宣城则平远闲旷,南宗之流也。"(《柳亭诗话》卷二八)若把元好问的话引申,柳宗元也就是"北宗一派"。无怪王士禛《戏仿元遗山论诗绝句》对柳宗元有贬词:"风怀澄淡推韦、柳,佳处多从五字求。解识无声弦指妙,柳州那得并苏州!""无声弦指妙"就是"不着一字,尽得风流"的另一说法。韦应物正是神韵派的远祖司空图推尊和王维并列的:"王右丞、韦苏州澄淡精致,格在其中,岂妨于遒举哉?"(《与李生论诗书》)"右丞、苏州,趣味澄夐。"(《与王驾评诗书》)白居易的诗既能叙事井井,又会说理娓娓,和神韵派更是话不投机。司空图就说:"元、白力劲而气孱,乃都市豪估耳。"(《与王驾评诗书》)翁方纲《石洲诗话》卷一来了个补笔:"一自司空表圣造二十四《品》,抉尽秘妙,直以元、白为屠沽之辈。渔洋先生题之,每戒后贤勿轻看《长庆集》。盖渔洋教人,以妙悟为主,故其言如此。"使神韵派左右为难的,当然是号称"诗圣"的杜甫。

神韵派在旧诗史上算不得正统,不像南宗在旧画史上曾占有统治地位。唐代司空图和宋代严羽似乎都没有显著的影响;明末清初,陆时雍评选《诗镜》来宣传,王士禛用理论兼实践来提倡,勉强造成了风气。这风气又短促得可怜。王士禛当时早有赵执信作《谈龙录》,大唱反调;乾、嘉直到同、光,大多数作者和评论者认为它只是旁门小名家的诗风。这已是文学史常识。王维无疑是大诗人,他的诗和他的画又说得上"异迹而同趣",而且他在旧画传统里坐着第一把交椅。然而旧诗传统里排起坐位来,首席是轮不到王维的。中唐以后,众望所归的最大诗人一直是杜甫。借用克罗齐的名词,王维和杜甫相比,只能算"小的大诗人"(un piccolo-grande poeta),而他的并肩者韦应物可以说是"大的小诗人"(un grande-piccolo poeta)㉛。托名冯贽所作《云仙杂记》是部伪书,卷一捏造《文览》记仙童教杜甫在"豆垅"下掘得"一石,金字曰'诗王本在陈芳国'",更是鬼话编造出来的神话。然而作为唐宋舆论的测验,天赐"诗王"的封号和"子美集开诗世界"的歌颂(王禹偁《小畜集》卷九《日长简仲咸》),可以有同等价值。元稹《唐故检校工部员外郎杜君墓系铭》早称杜甫超过李白,能"兼综古今之长";宋祁虽然作诗深受"西昆体"的影响,而他的《新唐书·杜甫传赞》和元稹的《杜君墓铭》一致,并不像西昆体领袖杨大年那样"不喜杜工部诗,谓为'村夫子'"(刘攽《中山诗话》)㉜。《皇朝文鉴》卷七二孙何《文箴》"还雅归颂,杜统其众","统"正是"兼综"。杜甫《偶题》自说:"文章千古事,得失寸心知。……法自儒家有,心从弱岁疲。"(参看辛弃疾《念奴娇·答傅先之提举》:"君诗好处,似邹鲁儒家,还有奇节。")后世评论家顺水推船,秦观《淮海集》卷一一《韩愈论》索性比杜甫于"集大成"的儒宗孔子。晁说之《嵩山文集》卷一四《和陶引辩》说:"曹、刘、鲍、谢、李、杜之诗,《五经》也,天下之大中正也;彭泽之诗,老氏也。"吴可《藏海诗话》:"看诗且以数家为率,以杜为正经,余为兼经也。"朱熹《语类》卷一三九称李、杜诗为学诗者的"本经"。陈善《扪虱新话》卷七:"老杜诗当是诗中《六经》,他人诗乃诸子之流也。"吴乔《围炉诗话》卷二有"杜《六经》"的名称。蒋士铨《忠雅堂文集》卷一《杜诗详注集成序》:"杜诗者,诗中之《四子书》也。"潘德舆《养一斋集》卷一八《作诗本经序》:"三代而下,诗足绍《三百篇》者,莫李、杜若也。……朱子曰:'作诗先看李、杜,如士人治本经。'虽未以李、杜之诗为《经》,而已以李、杜之诗为作诗之《经》矣。窃不自量,辑李、杜诗千余篇与《三百篇》风旨无二者,题曰《作诗本经》。"潘氏另一书《李杜诗话》卷二曾颂赞杜甫"集大成",所以"李、杜"齐称也好比儒家并推"孔、孟",一个"至圣",一个"亚圣",还是杜甫居上的。

这样看来,中国传统文艺批评对诗和画有不同的标准:论画时重视王世贞所谓"虚"以及相联系的风格,而论诗时却重视所谓"实"以及相联系的风格。因此,旧诗的"正宗"、"正统"以杜甫为代表。神韵派当然有异议,但不敢公开抗议,而且还口不应心地附议。陆时雍比较坦白,他在《唐诗镜·绪论》里对李、杜、韩、白等大家个个责难,只推尊王、韦两家,甚至直言不讳:"摩诘不宜在李、杜下。"王士禛就很世故了。李重华《贞一斋诗说》记载:"近见阮亭批抹杜集。乃知今人去古,分量大是悬绝,有多少矮人观场处,乃正昌黎所谓'不自量'也。"(指韩愈《调张籍》:"李杜文章在,光焰万丈长。不知群儿愚,那用故谤伤。蚍蜉撼大树,可笑不自量!")可见王士禛私下曾"批抹"杜诗,大加"谤伤";我们从《石洲诗话》卷六《渔洋评杜摘记》,可以推想;他和门弟子的谈话——记录在《然灯纪闻》里——却称赞杜甫律诗是"究竟归宿处"。赵执信《谈龙录》透露了底细,说王士禛不便自己出面,只借嘴骂人:"阮翁酷不喜少陵诗,特不敢显攻之,每举杨大年'村夫子'之目以语客。"李重华看到的"批抹"本,就是王士禛"酷不喜少陵诗"的物证。袁枚《随园诗话》卷三也说:"李、杜、韩、白俱非阮亭所喜,因其名太高,未便诋毁。"翁方纲《七言诗三昧举隅》作了解释:"渔洋先生于唐贤,独推右丞、少伯以下诸家得'三昧'之旨;盖专以冲和淡远为主,不欲以雄鸷奥博为宗。先生又不喜多作刻划体物语,其于昌黎《青龙寺》前半,因微近色相而不取。""刻划体物"和"近色相"那种说法,竟可以移评北宗画。王士禛《池北偶谈》有一条把王维、韩愈、王安石三家咏桃花源的诗比较一下,结论是:"读摩诘诗多少自在!二公便如努力挽强,不免面赤耳热。"这和翁方纲的话是互相发明的。

王士禛《蚕尾集》卷一〇《跋〈论画绝句〉》,很耐寻味。《论画绝句》的作者就是他标榜为齐名同调的宋荦,所谓:"当日朱颜两年少,王扬州与宋黄州。"(参看《四库总目》卷一七三《西陂类稿》提要)《跋》说:"近世画家专尚南宗,而置华原、营丘、洪谷、河阳诸大家。是特乐其秀润,惮其雄奇,余未敢以为定论也。不思史中迁、固,文中韩、柳,诗中甫、愈(自注:子美河南巩县人),近日之空同、大复,不皆北宗乎?牧仲中丞论画,最推北宋数大家,真得祭川先河之义。"一眼粗看,好像他一反常态或尽除成见,居然推尊杜甫诗和北宗画了;仔细再瞧,原来他别有用心,以致寥寥不上百字的文章脱枝失节,前言不对后语。既然"画家专尚南宗",那末不讲旁人,至少"洪谷子"荆浩"有笔有墨"的实践对南宗画派的成立大有贡献,他的《山水诀》或《画说》、《画法记》等又是南宗画理论的奠基石,他正被"尚",哪能说被"置"呢?既有"文中韩、柳",就该接"诗中甫、白",才顺理成章,为什么对韩愈那样偏爱,金榜两次题名,硬生生挤掉了李白呢?既反问"不皆北宗乎",就该接"牧仲最推北宗",才合逻辑,为什么悄悄换了一个"宋"字呢?"北宋"画和"北宗"画涵义不同,董其昌所举"南宗儿孙之盛"里,就有巨然、郭忠恕、米芾三位"北宋"大家。《蚕尾集》同卷《跋元人杂画》里也把宋画概括为南宗:"宋、元人画专取气韵,此如宋儒传义,废注疏而专言义理是也。"王士禛用的是画评术语"南宗"、"北宗",讲的是画家、文人的籍贯南方、北方,不是他们的风格。所以他特意注明杜甫是河南人;所以蜀人李白在"北宗"里无地可容,而另一河南人韩愈必须一身二任。李梦阳("空同")寄籍扶沟,何景明("大复")本籍信阳,又是两个河南人。三个非河南人——马、班、柳——是拉来凑热闹的,仿佛被迫为河南的临时"荣誉公民"。揭穿了这些花样,无非说河南商丘籍的宋荦是货真价实的"北[方大]宗[师]"。发了一通论画意见,请出历代诗文名家,无非旁敲侧击、转弯抹角地恭维那个"牧仲中丞"是大诗人,因此更要指出杜甫和他有同乡之谊,彼此沾光。貌似文艺评论,实质是挂了文艺幌子的社交辞令。在研究古代——是否竟可以说"古今"或"历代"?——文评时,正像在社会生活里,我们得学会孟子所谓"知言",把古人的一时兴到语和他的成熟考虑过的议论区别开来,尤其把他的由衷认真的品评和他的官样套语、应酬八股区别开来。

六

诗、画传统里标准分歧,有一个很好的例证。上文引过苏轼《王维、吴道子画》,那首诗还有一段话,就是董其昌论南宗画时引为权威性的结论的:"吾观画品中,莫如二子尊。吴生虽妙绝,犹以画工论;摩诘得之于象外,有如仙翮谢笼樊。吾观二子皆神俊,又于维也敛衽无间言。"就是说,以"画品"论,吴道子没有王维高。但是,比较起画风和诗风来,评论家把"画工"吴道子和"诗圣"杜甫归在一类。换句话说,画品居次的吴道子的画风相当于最高的诗风,而诗品居首的杜甫的诗风相当于次高的画风。苏轼自己在《书吴道子画后》里就以杜甫诗、韩愈文、颜真卿书、吴道子画相提并称。杨慎《升庵全集》卷六四又《外集》卷九四《画品》说:"吴道玄则杜甫。"方薰《山静居画论》卷上讲得更清楚:"读老杜入峡诸诗,苍凉幽迥,便是吴生、王宰蜀中山水图。自来题画诗,亦惟此老使笔如画。昔人谓摩诘'画中有诗,诗中有画',方之杜陵,未免一丘一壑。"苏轼《书吴道子画后》、《王定国诗叙》、《书唐氏六家书后》反复推杜甫为"古今诗人之首",那是平常的正统见解。他的《书黄子思诗集后》却流露出异端情绪:"予尝论书,以谓钟、王之迹,萧散简远,妙在笔墨之外。至唐颜、柳始集古今笔法而尽发之,极书之变,……而钟、王之法益微。至于诗亦然。……李太白、杜子美以英玮绝世之姿,凌跨百代,……然魏、晋以来,高风绝尘,亦少衰矣。……诗人继作,虽间有远韵,而才不逮意。……司空图……诗文高妙,……自列其诗之有得文字之表者二十四韵,恨当时不识其妙。"苏轼论诗似乎到头来也倾向神韵派,和他论画很早就倾向南宗,标准渐渐合拢了。"萧散简远,妙在笔墨之外","有远韵","有得文字之表",和"维也得之于象外",词意一致。全祖望看出苏轼对李、杜的不满,在《鲒埼亭集》外编卷二六《春凫集序》里唤起大家注意,还补充说:"自唐以还,昌黎、东野、玉川、浪仙、昌谷,以暨宋之东坡、山谷、诚斋、东夫、放翁,其造诣深浅、成家大小不一,要皆李、杜之别子也。"董其昌称南宗画"儿孙之盛"那句话,这里恰用得上,而神韵派诗相形之下,只能像他说北宗画所谓"微"了。

对一个和自己的风格绝然不同或相反的作家,爱好而不漠视,仰企而不扬弃,像苏轼对司空图的企慕,文学史上不乏这类特殊的事。例如白居易向往李商隐(参看《苕溪渔隐丛话》前集卷一六引《蔡宽夫诗话》)、陆游向往梅尧臣,或歌德向往斯宾诺沙,波德莱亚向往雨果、巴尔扎克;给我印象更深的是,象征诗派祖师马拉美倾倒于自然主义小说祖师左拉的"空前的生活感"(son sens inouï de la vie)和他表达群众动态、人体美等的才能㉝。古希腊人说:"狐狸多才多艺,刺猬只会一件看家本领。"㉞当代一位思想史家把天才分为两个类型,莎士比亚、歌德、巴尔扎克等属于狐狸型,但丁、易卜生、陀思妥也夫斯基等属于刺猬型,而托尔斯泰是天生的狐狸,却一心要作刺猬(Tolstoy was by nature a fox, but believed in being a hedgehog)㉟。我们也不妨说,苏轼之于司空图,仿佛狐狸忻羡刺猬,而波德莱亚之于雨果,则颇似刺猬忻羡狐狸。歌德和柯勒立治都曾讲到这种现象,叶芝也亲切地描述了对"相反的自我"(the most unlike, being my anti-self)的追求㊱;美学家还特地制定一条规律,叫什么"嗜好矛盾律"(Law of the Antinomy of Taste)㊲。这规律的名称是够庄严响亮的,但代替不了解释。在莫里哀的有名笑剧里,有人问为什么鸦片使人睡眠,医生郑重地回答:"因为它有一种催眠促睡力"(une vertu dormitive)。说白居易"极喜"李商隐诗文,是由于"嗜好矛盾律",仿佛说鸦片使人睡眠,是由于"催眠促睡力"。实际上都是偷懒省事,不作出真正的解释,而只赠送了一顶帽子,给予了一个封号甚至绰号。

总结起来,在中国文艺批评的传统里,相当于南宗画风的诗不是诗中高品或正宗,而相当于神韵派诗风的画却是画中高品或正宗。旧诗或旧画的标准分歧是批评史里的事实。我们首先得承认这个事实,然后寻找解释、鞭辟入里的解释,而不是举行授予空洞头衔的仪式。

注

① 列许登堡(G.C.Lichtenberg)《隽语·散文·书信》(*Aphorismen, Essays, Briefe*),巴德(K.Batt)编本70页。圣佩韦(Sainte-Beuve)《我的毒素》(*Mes Poisons*),季洛(V.Giraud)编本197页;他这几句话也在《月曜日文谈》开卷第一篇里早说过(*Causeries du lundi*, t.1, "M.Saint-Mar Girardin", pp.15—16),《我的毒素》的那一节也见《文谈》第11册495页《小记与随感》(*Notes et Pensées*)136条。

② 克罗齐(Croce)《美学》(*Estetica*),第10版495页。

③ 梅(G.May)《小说在十八世纪的困境》(*Le Dilemme du roman au 18ᶜ siècle*)18—19页,33页。

④ 这是柏格森论古典主义文学是否含有浪漫主义成分所用名词,见《思想与流动》(*La Pensée et le mouvant*, 1934)23—24页。参看尼采论后起的艺术大师不由自主地(unwillkürlich)改变了前人艺术作品的评价和意义(*Menschliches, Allzumenschliches*, II.i. § 147, *Werke*, hrsg. K.Schlechta, Bd I, S.793),又论认识历史需要"事后追起作用的效能"(Rückwirkender Kräfte-*Die Fröhliche Wissenschaft*, I, §34, Bd.II, S.62)。艾略脱论新起作品能改换(alter)传统作品的位置(T.S.Eliot: "Tradition and Individual Talent", *Selected Prose*, ed. J.Hayward, "Penguin", p.23)。艾略脱那节话是一般人引用惯的,但不如柏格森讲得透彻。博尔赫斯论卡夫卡的先驱者时,说:"事实上,每个作家都创造他的先驱者"(El hecho es que cada escritor *crea* a sus precursores—J.L.Borges: "Kafka y sus precursores", *Otras Inquisiciones*, Alianza Emecee, 1979, p.109),正是柏格森的用意。博尔赫斯列举卡夫卡的"先驱者",第二名是作《获麟解》的韩愈;这和卡奈谛(Elias Canetti)《另一审判》(*Der andere Prozess*)里赞美卡夫卡是惟一具有中国真精神的近代西方作家,都未必是咱们乐意听的好消息,然而必将成为研究者捕风捉影的好题目。参看《管锥编》(二)277页。

⑤ 艾尔德曼(K.O.Erdmann)《文字的意义》(*Die Bedeutung des Wortes*)第3版66—69页(ein Kapitel Scholastik)。

⑥ 参看昆体良(Quntilian)《修辞原理》(*Institutio oratoria*)第8卷6章40节,《罗勃(Loeb)古典丛书》本第3册324页。

⑦ 艾德门茨(J.M.Edmonds)《希腊抒情诗》(*Lyra Graeca*),罗勃本第2册258页。参看哈格斯特勒姆(J.H.Hagstrum)《姐妹艺术》(*The Sister Arts*)(1958)

10 又 58 页。

⑧ 西塞罗《修辞学》(*Rhetorica ad Herennium*)第 4 卷 28 章，罗勃本 326 页。

⑨ 达文齐《画论》(*Trattato della pittura*) 16 章，米拉奈西(G. Milanesi)编本 12 页。近代一个意大利作家对这句话承而又转："这些画家的绘画不但是无言语的诗歌，而且是无声响的音乐"(La lor pittura non è soltanto una poesia muta, ma è anche una musica muta. —D'Annunzio, *Il Fuoco*, ed. Fratelli Treves, p. 107)。这也透露，浪漫主义运动以来，音乐在艺术里的地位高升在诗画之上了。参看纪德(A. Gide)1926 年 5 月说批评家(L'abbé Brémond)把"诗如画"(ut pictura poesis)的标准变为"诗如乐"(ut musica poesis)，《日记、回忆》(*Journal, Souvenirs*)，《七星(La Pléiade)丛书》本 1004 页。

⑩ 莱辛《拉奥孔》(*Laokoon*)《前言》(Vorrede)，李拉(P. Rilla)编《莱辛集》第 5 册 10 页。

⑪ 霍拉斯《论诗代简》(*Ars poetica*) 361 行，参看《姊妹艺术》26, 37, 59—61, 175 页。

⑫ 《拉奥孔》第 8 章，82 页。

⑬ 沃尔则尔(O. Walzel)《各门艺术的相互阐发》(*Wechselseitige Erhellung der Künste*) 95 页。

⑭ 据文廷式《纯常子枝语》卷九、卷二七所引道士著作，宋后道家也分"南北宗"。原则是否和禅宗的分派相近，我没有去考究。

⑮ 巴斯楷尔(Pascal)《思辩录》(*Pensées*)第 1 篇 2 节，季洛(V. Giraud)编本 50 页。

⑯ 《纯理性批判》(*Kritik der reinen Vernunft*)，艾尔德曼(B. Erdmann)校本，格鲁依德(W. de Gruyter)版 500 页，参看 495 页。当代心理学有关"性格型"的基本分类："外向"(extrovert)和"内注"(introvert)、"发散"(diverger)和"收聚"(converger)，也相发明。

⑰ 贡布里支(E. H. Gombrich)《艺术与错觉》(*Art and Illusion*) 5 版(1977) 169 页。

⑱ 休谟《情感论》(*Dissertation on the Passions*)第 6 节 6 条，见《道德、政治、文学论文集》(*Essays Moral, Political, and Literary*)，格林(T. H. Green)与格罗士(T. H. Grose)编本第 2 册 164 页。休谟的话很像后来莱辛《拉奥孔》第 3 章讲绘画该挑选富有生发余地的景象，"好让想像力自由游戏"(was der Einbildungskraft freies Spiel lässt)(前注 10 所引同书 28 页)。"工作"和"游戏"通常是对立的概念，但

休谟说"留些工作(work)给想像去干"和莱辛说"让想像力游戏自如",二者完全一致。中国古人所谓"得意忘言"、"貌异心同"、"莫死在句下"等,也许我们读外国书时还不妨记住。

⑲ 斯屈来欠(Lytton Strachey)《一部诗选》(An Anthology),见《人物与评论》(Characters and Commentaries)153页。

⑳ 麦卡锡(Desmond MacCarthy)《中国的理想》(The Chinese Ideal),见《经验》(Experience)73页。

㉑ 屈力韦林(R.C.Trevelyan)《意外收获》(Windfalls)115—119页。

㉒ 敏斯德保(O.Münsterberg)《中国艺术史》(Chinesische Kunstgeschichte)第1册222页。

㉓ 韦尔兰(Verlaine)《诗法》(Art poétique),《全集》梅赛因(A.Messein)版第8册295页。

㉔ 盖茨(G.S.Gates)《近代的猫》(The Modern Cat)116页。

㉕ 摩尔克尔(Gottfried F.Merkel)编《浪漫主义与翻译艺术论文集》(On Romanticism and the Art of Translation)68页;参看贝尔(Henri Peyre)《法国古典主义》(Le Classicisme français)183页引圣佩韦和尼采,又吉尔曼(Margaret Gilman)《法国人论诗》(The Idea of Poetry in France)163页。

㉖ 参看《管锥编》(四)151-153页、宋代笔记像《冷斋夜话》、《猗觉寮杂记》、《懒真子》等,都讲到王维画"雪中芭蕉";诗篇像惠洪《与客论东坡》七律、陈与义《题清白堂》七绝之三、楼钥《慧画寒林七贤》五古、杨万里《寄题张商弼葵堂》七绝之一等,都用了这个典故。晁冲之《三月雪》"从此断疑摩诘画,雪中自合有芭蕉"(《风月堂诗话》卷下引),是《具茨集》的逸诗。汤显祖《玉茗堂集·尺牍》卷四《答凌初成》说起一个笑话:"昔年有人嫌摩诘之冬景芭蕉,割蕉加梅。冬则冬矣,然非王摩诘冬景也!"叶德辉《观画百咏》卷二因李唐《深山避暑图》里画了"丹枫",赞为"妙笔补天,得辋川不问四时之意",正是利用"雪蕉"为借口。

㉗ 参看普来明格(A.Preminger)主编《诗歌与诗学百科全书》(Encyclopedia of Poetry and Poetics, 1965),5页。

㉘ 参看《管锥编》(二)337—344页。

㉙ 洪迈明知那首陶诗可疑,反说王维、李白分别运"用"过它。《容斋五笔》卷一《问故居》:"此诗诸集中皆不载,惟晁文元家本有之。盖'天目'疑非陶居处,然李白云云,乃用此尔。王摩诘诗云云。"参看《竹庄诗话》卷四《问来使》引《西清诗话》。

㉚ 参看《管锥编》(二)578—583页。

㉛ 克罗齐《帕斯科里(Giovanni Pascoli)论》,见所作《评意大利文学》(La

Letteratura Italiana),桑松内(Mario Sansone)辑本第 4 册 231 页。

㉜ 《新唐书》讲到文艺,比《旧唐书》态度认真,说话也在行。如果依据《旧唐书》为信史,那末,唐代最大的诗人原来是——吴筠!《隐逸传》说他"词理弘通,文采焕发,每制一篇,人皆传诵。虽李白之放荡、杜甫之壮丽,能兼之者,其唯筠乎!"在整部书二百卷里,不论立专传还是入《文苑传》的诗人,谁都没有赢得那样赞叹备至的评语,尽管那几句话全是从权德舆《吴尊师传》(《全唐文》卷五○八)里搬来的。

㉝ 许德利希(F. Strich)《艺术与生活》(*Kunst und Leben*)90 又 93 页,参看 238 页论华尔夫林(H. Wöllflin);比工(G. Picon)《阅读的效用》(*L'Usage de la lecture*)188—189 页;马拉美(Mallarmé)《答问》(*Réponses à des enquêtes sur l'évolution littéraire*),《全集》《七星丛书》本 871 页。

㉞ 参看《管锥编》(二)268—270 页。

㉟ 柏林(I. Berlin)《俄罗斯思想家》(*Russian Thinkers*)22—24 页。

㊱ 辛尼奥(G. F. Senior)与卜克(C. V. Bock)编注《批评家歌德》(*Goethe the Critic*)8 页;阿许(T. Ashe)编《柯勒立治语录及其它》(*Table-Talk and Omniana*)236 页;叶芝(W. B. Yeats)《在月亮的友善的静寂中经过》(*Per Amica silentia Lunae*),见《散文集》(*Essays*),麦克密伦(Macmilan,1924)版 484 页,参看 493 页(the other self, the anti-self or the antithetical self)。

㊲ 凯恩茨(F. Kainz)《美学这门科学》(*Aesthetics the Science*),许惠勒(H. M. Schueller)英译本 203—204 页。佚名氏《燕超楼杂著·古文家别集类案乙集叙陆游》评陆游:"文超逸有高致。……陆通跋其文集以为效法南丰。放翁文实不似南丰,不知过庭之训,何以及尔!"陆游论文尊曾巩,恰像他论诗尊梅尧臣,都表示他对"相反的自我"的追求。"嗜好矛盾"固然常有,但还不够构成规"律"去颁布。白居易和李商隐的嗜好正是凑手的事例。白遵守那条"律",他"晚极喜李义山诗文,尝谓'我死得为尔子足矣'";而李似乎无视那条"律",对白的诗文没有相称的反应。《樊南文集》卷八洋洋千余言的《白公墓志铭》里半句不提白诗,甚至只说:"姓名过海流入鸡林、日南有文字国",而不肯换个字说"诗名"。当然,要辩解也很容易,譬如说:墓碑该讲功业品节等大事,顾不到词章末技,或说:李多活二三十年,准会"晚极喜"白的诗文。还可以找出其他理由;理由是凑趣的东西,最肯与人方便,一找就到。

读《拉奥孔》

一

在考究中国古代美学的过程里，我们的注意力常给名牌的理论著作垄断去了。不用说，《乐记》、《诗品》、《文心雕龙》、诗话、画说、曲论以及无数挂出牌子来讨论文艺的书信、序跋等等是研究的对象。同时，一个老实人得坦白承认，大量这类文献的探讨并无相应的大量收获。好多是陈言加空话，只能算作者礼节性地表了个态。叶燮论诗文选本，曾慨叹说："名为'文选'，实则人选。"（《己畦集》卷三《选家说》）一般"名为"文艺评论史也，"实则"是《历代文艺界名人发言纪要》，人物个个有名气，言论常常无实质。倒是诗、词、随笔里，小说、戏曲里，乃至谣谚和训诂里，往往无意中三言两语，说出了精辟的见解，益人神智；把它们演绎出来，对文艺理论很有贡献。也许有人说，这些鸡零狗碎的东西不成气候，值不得搜采和表彰，充其量是孤立的、自发的偶见，够不上系统的、自觉的理论。不过，正因为零星琐屑的东西易被忽视和遗忘，就愈需要收拾和爱惜；自发的孤单见解是自觉的周密理论的根苗。再说,我们孜孜阅读的诗话、文论之类,未必都说得上有什么理论系统。更不妨回顾一下思想史罢。许多严密周全的思想和哲学系统经不起时间的推排销蚀,在整体上都垮塌了,但是它们的一些个别见解还为后世所采取而未失去时效。好比庞大的建筑物已遭破坏,住不得人、也唬不得人了,而构成它的一些木石砖瓦仍然不失为可资利用的好材料。往往整个理论系统剩下来的有价值东西只是一些片段思想。脱离了系统而遗留的片段思想和萌发而未构成系统的片段思想,两者同样是零碎的。眼里只有长篇大论,瞧不起片言只语,甚至陶醉于数量,重视废话一吨,轻视微言一克,那是浅薄庸俗的看法——假使不是懒惰粗浮的借口。

试举一例。前些时①,我们的文艺理论家对狄德罗的《关于戏剧演员的诡论》发生兴趣,大写文章讨论。这个"诡论"的要旨是:演员必须自己内心冷静,才能维妙维肖地体现所扮角色的热烈情感,他先得学会不"动于中",才能把角色的喜怒哀乐生动地"形于外"(c'est le manque absolu de sensibilité qui prépare les acteurs sublimes);譬如逼真表演剧中人的狂怒时(jouer bien la fureur),演员自己绝不认真冒火发疯(être furieux)②。其实在十八世纪欧洲,这并非狄德罗一家之言③,而且堂·吉诃德老早一语道破:"喜剧里最聪明(la más discreta)的角色是傻呼呼的小丑(el bobo),因为扮演傻角的决不是个傻子(simple)"④。正如扮演狂怒的角色的决不是暴怒发狂的人。中国古代民间的大众智慧也觉察那个道理,简括为七字谚语:"先学无情后学戏"⑤。

狄德罗的理论使我们回过头来,对这句中国老话刮目相看,认识到它的深厚的义蕴;同时,这句中国老话也仿佛在十万八千里外给狄德罗以声援,我们因而认识到他那理论不是一个洋人的偏见和诡辩。这种回过头来另眼相看,正是黑格尔一再讲的认识过程的重要转折点:对习惯事物增进了理解,由"识"(bekannt)转而为"知"(erkannt),从旧相识进而成真相知⑥。我敢说,作为理论上的发现,那句俗语并不下于狄德罗的文章。

我读莱辛《拉奥孔》的时候,也起了一些类似上面所讲的感想。

二

《拉奥孔》所讲绘画或造型艺术和诗歌或文字艺术在功能上的区别,已成老生常谈了。它的主要论点——绘画宜于表现"物体"(Körper)或形态,而诗歌宜于表现"动作"(Handlungen)或情事⑦,中国古人也浮泛地讲过。晋代陆机分划"丹青"和"雅颂"的界限,说:"宣物莫大于言,存形莫善于画"(张彦远《历代名画记》卷一《叙画之源流》引)⑧;这里的"物"是"事"的同义字,就像他的《文赋》:"虽兹物之在我。"《文选》李善注:"物,事也。"北宋邵雍在两首诗里,说得详细些:"史笔善记事,画笔善状物。状物与记事,二者各得一";"画笔善状物,长于运丹青。丹青入巧思,万物无遁形。诗笔善状物,长于运丹诚。丹诚入秀句,万物无遁情。"(《伊川击壤集》卷一八《史画吟》、《诗画吟》)但是,莱辛的议论透彻深细得多。

莱辛不仅把"事"、"情"和"物"、"形"分别开来,他还进一步把两者各和认识的两个基本范畴——时间与空间——结合。作为空间艺术的绘画、雕塑只能表现最小限度的时间,所画出、塑造出的不能超过一刹那内的物态和景象(nie mehr als einen einzigen Augenblick),绘画更是这一刹那内景物的一面观(nur aus einen einzigen Gesichtspunkte)⑨。我联想起唐代的传说:"客有以按乐图示王维,维曰:'此《霓裳》第三叠第一拍也。'客未然,引工按曲,乃信。"(《太平广记》卷二一一引《国史补》,卷二一四引《卢氏杂说》记"别画者"看"壁画音声"一则大同小异)宋代沈括《梦溪笔谈》卷一七批驳了这个无稽之谈:"此好奇者为之。凡画奏乐,止能画一声。"从那简单一句话里,我们看出他已悟到空间艺术只限于一刹那内的景象了。"止能画一声"五个字也帮助我们了解一首唐诗。徐凝《观钓台画图》:"一水寂寥青霭合,两崖崔崒白云残。画人心到啼猿破,欲作三声出树难。""三声"当然出于《荆州记》:"渔者歌曰:'巴东三峡巫峡长,猿鸣三声泪沾裳。'"(《世说新语·黜免》注引)或《宜都山水记》:"行者歌之曰:'巴东三峡猿鸣悲,猿鸣三声泪沾衣。'"(《艺文类聚》卷九五引)诗意是:画家挖空心思,终画不出"三声"连续的猿啼,因为他"止能画一声"。徐凝很可以写:"欲作悲声出树难"或"欲作鸣声出树难",那不过说图画只能绘形而不能"绘声"。他写"三声",寓意精微,"三"和"一"、"两"呼应,就是莱辛所谓绘画只表达空间里的平列(nebeneinander),不表达时间上的后继

(nacheinander)。所以,"画人"画"一水"加"两崖"的排列易,他画"一"而"两"、"两"而"三"的"三声"继续"难"。《拉奥孔》里的分析使我们回过头来,对徐凝这首绝句和沈括那条笔记刮目相看。一向徐凝只以《庐山瀑布》诗传名,不知道将来中国美学史家是否会带上他一笔。

西方学者和理论家对《拉奥孔》的考订和责难,此地无须叙述。莱辛论诗着眼在写景状物,论画着眼在描绘故事,我也把读他时的感想分为两个部分。

三

诗中有画而又非画所能表达,中国古人常讲。举几个有意思的例。苏轼记参寥语:"'楚江巫峡半云雨,清簟疏帘看弈棋。'此句可画,但恐画不就尔!"(《东坡题跋》卷三,句出杜甫《七月一日题终明府水楼》第二首)陈著说:"梅之至难状者,莫如'疏影',而于'暗香'来往尤难也!岂直难而已?竟不可!逋仙得于心,手不能状,乃形之言。"(《本堂集》卷四四《代跋汪文卿梅画词》,指林逋《山园小梅》:"疏影横斜水清浅,暗香浮动月黄昏")张岱说:"如李青莲《静夜思》诗:'举头望明月,低头思故乡。''思故乡'有何可画?王摩诘《山路》诗:'蓝田白石出,玉川红叶稀',尚可入画;'山路原无雨,空翠湿人衣',则如何入画?又《香积寺》诗:'泉声咽危石,日色冷青松','泉声'、'危石'、'日色'、'青松'皆可描摹,而'咽'字、'冷'字决难画出。故诗以空灵,才为妙诗,可以入画之诗尚是眼中金屑也。"(《琅嬛文集》卷三《与包严介》)值得注意的是,画家自己也感到这种困难。嵇康《兄秀才公穆入军赠诗》之一五"目送归鸿,手挥五弦",画家顾恺之说:"画'手挥五弦'易,'目送归鸿'难。"(《世说新语·巧艺》第二一)董其昌说:"'水作罗浮磬,山鸣于阗钟',此太白诗,何必右丞诗中画也?画中欲收钟、磬不可得!"(《容台集·别集》卷四,二句出僧灵一《静林精舍》诗;参看邓椿《画继》卷六《王可训》论宋复古《八景》中《烟寺晚钟》:"钟声固不可得。")程正揆记载和董的一段谈话:"'洞庭湖西秋月辉,潇湘江北早鸿飞。'华亭爱诵此语,曰:'说得出,画不就。'予曰:'画也画得就,只不像诗。'华亭大笑。然耶否耶?"(《青溪遗稿》卷二四《题画》)

莱辛认为,一篇"诗歌的画"(ein poetisches Gemälde)不能转化为一幅"物质的画"(ein materielles Gemälde),因为语言文字能描叙出一串活动在时间里的发展,而颜色线条只能描绘出一片景象在空间里的铺展⑩。这句话没有错,但是,对比着上面所引中国古人的话,就见得不够周到了。不写演变活动而写静止景象的"诗歌的画",也未必就能转化为"物质的画"。只有顾恺之承认的困难可以用莱辛的理论来解释。"目送归鸿"不比"目睹飞鸿",不是一瞥即逝(instantaneous)的情景,而是持续进行(progressive continuing)的活动。"送"和"归"表示鸟向它的目的地飞着、飞着,逐渐愈逼愈近,人追随它的行程望着、望着,逐渐愈眺愈远。徐渭有一首诗,仿佛是"目送归鸿"的申说:"惊雁避罗舠,江长起未高。眼拼一饷后,看到入云梢〔霄〕"(《青藤书屋文集》卷一〇《江船一老看雁群初起》;"一饷后"、"看到"点清了过程。这里确有莱辛所说时间上的承先启后问题。其他像嗅觉("香")、触觉("湿"、"冷")、听觉("声咽"、"鸣钟作磬")的事物,以及不同于悲、喜、怒、愁等有显明表情的内心状态("思乡"),也都是"难画"、"画不出"的,却不仅是时间和空间问题了。即就空间而论,绘画得讲究画幅上的结构或布局。程正揆引的一联诗把同一时间而不同空间里的景物联系配对,互相映衬,是诗文里所谓"话分两头"、"双管齐下"的例子⑪;尽管作画者的画面有尺幅千里的气象,使"湖西月"和"江北鸿"都赫然纸上,两者也只会平铺并列,而"画不像"诗句表示的分合错综的关系。在参寥引的两句诗里,大自然的动荡景象为宾,小屋子里的幽闲人事为主,不是"对弈棋",而是"看弈棋","看"字是句中之眼,那个旁观的第三者更是主中之主⑫。写入画里,很容易使动荡的大自然盖过了幽闲的小屋子,或使幽闲的小屋子超脱了动荡的大自然,即使宾主二者烘托得当,那个"看棋"人的旁观而又特出的地位也是"画不就"的。写景诗里不止有各个分立的、可捉摸的物体,还有笼罩的、气氛性的景色,例如"湿人衣"的"空翠"、"冷青松"的"日色",也很"难画出"。物色的气氛而外,又有情调的气氛。抢先莱辛一步的柏克就说:描写具体事物时,插入一些抽象或概括的字眼,产生包举一切的雄浑气象,例如弥尔顿写地狱里阴沉凄惨的山、谷、湖、沼等,而总结为一个"死亡的宇宙"(a universe of death),那是文字艺术独具的本领⑬,造型艺术办不到的。

事实上,"画不就"的景物无须那样寥阔、流动、复杂或伴随着香味、声音。诗歌描写一个静止的简单物体,也常有绘画无法比拟的效果。诗歌里渲染的颜色、烘托的光暗可能使画家感到彩色碟破产,诗歌里勾勒的轮廓、刻划的形状可能使造型艺术家感到凿刀和画笔力竭技穷。这当然不是否认绘画、雕塑自有文字艺术无法比拟的独特效果。

汪中《述学》内篇一《释三九》上说诗文里数目字有"实数"和"虚数"之分。这个重要的修辞方法可以推广到数目以外,譬如颜色字。诗人描叙事物,往往写得仿佛有两三种颜色在配合或打架,刺激读者的心眼;我们仔细推究,才知实际上并无那么多的颜色,有些颜色是假的。诗文里的颜色字也有"虚""实"之分,用字就像用兵,要"虚虚实实"。苏轼有一联诗:"翠浪舞翻红罢亚,白云穿破碧玲珑。"(冯应榴《苏诗合注》卷一〇《登玲珑山》)云的"白"、山的"碧"、稻浪的"翠"绿都是实色;"红罢亚"是因米粒红色而得名的"红稻"(参看杜甫《茅堂检校收稻》之一:"红鲜终日有,玉粒未吾悭",又《暂住白帝复还东屯》:"除芒子粒红"),稻田里"翠浪"滔滚的时候,"子粒红"还没有影踪呢!所以,"红"在这里是有名无实的虚色。苏轼另有"红""翠"合用的名句:"一朵妖红翠欲流。"(《苏诗合注》卷一一《和述古冬日牡丹》)既说花"红",又说它"翠",不就像相传笑话诗"一树黄梅个个青,打雷落雨满天星。三个和尚四方坐,不言不语口念经"(咄咄夫《增补一夕话》卷六)?原来"翠"不是真指绿颜色而言,"乃鲜明貌,非色也"。(参看冯注,又王应麟《困学纪闻》卷一八)诗句里只有一个真实颜色,就是"红";"翠"作为颜色而论,在此处虚有其表,不跟实色"红"牴牾或抵消反而烘托得它更射眼。杜甫《暮归》:"霜黄碧梧白鹤栖","碧梧"叶已给严霜打"黄"(参看《寄韩谏议注》:"青枫叶赤天雨霜"),即目当景,"碧"没有"黄"和"白"那样实在。元稹《开元观闲居酬吴士矩侍御》:"赤诚祈皓鹤,绿发代青缣","赤"是虚色,"皓"、"绿"、"青"是实色。畅当《题沈八斋》:"绿绮琴弹《白雪引》,乌丝绢勒《黄庭经》","绿绮琴"是用司马相如的典故,"绿"和"白"、"黄"同是虚色,只"乌"是实色。韦庄《边上逢薛秀才话旧》:"也有绛唇歌《白雪》,更怜红袖夺金觥","白"虚色,"绛"、"红"、"金"实色。白居易《九江北岸遇风雨》:"黄梅县边黄梅雨,白头浪里白头翁",上句虚色,下句实色;《紫薇花》"独立黄昏谁是伴,紫薇花对紫薇郎",花"紫"是实,人"紫"是虚。写一个颜色而虚实交映,有时还进一步制造两个颜色矛盾错综的幻象,这似乎是文字艺术的独家本领,造型艺术办不到。设想有位画家把苏轼《冬日牡丹》作为题材,他只画得出一朵红牡丹花或鲜红欲滴的牡丹花,画不出一朵红而"翠"的花;即使他画得出,他也不该那样画,因为"翠"在这里和"红"并非同一范畴的颜色字。虚色不是虚设的,它起着和实色配搭帮衬的作用;试把"翠欲流"改为同义的"粲欲流",那句诗就平淡乏味、黯淡减"色"了。西洋诗文也有相似的技巧。例如英语"紫"(purple)字有时按照它的拉丁字根(purpureus)的意义来用,不指颜色,而指光彩明亮(bright-hued, brilliant)⑭,恰像"翠"字"乃鲜明貌,非色也"。十八世纪写景大家汤姆逊描摹苹果花,就有这样一句:

"紫雨缤纷落白花"(One white-empurpled shower of mingled blossoms)⑮;"白"是实色,"紫"是虚色。歌德名言:"理论是灰黑的,生命的黄金树是碧绿的"(Und grün des Lebens goldner Baum);当代美国诗人弗罗斯德的传诵小诗("Nothing Gold Can Stay")第一句:"大自然的初绿是黄金"(Nature's first green is gold)⑯,"黄金"哪里会"碧绿"、"绿"呢?这里"黄金"正如"黄金时代"或"黄金容颜"的"黄金",是宝贵、美好的意思⑰,只有"情感价值"(Gefühlswert),没有"观感价值"(Anschaungswert)⑱。换句话说,"黄金"是虚色,"碧绿"是实色。假如改说:"落花如雨白晶莹"或"人生宝树油然绿",也就乏味减色了。

  文字艺术不但能制造颜色的假矛盾,还能调和黑暗和光明的真矛盾,创辟新奇的景象。例如《金楼子》第二篇《箴戒》:"两日并出,黑光遍天",冯明期《滹沱秋兴》:"倒卷黑云遮古林,平沙落日光如漆"(邓汉仪《诗观》三集卷一);或李贺《南山田中行》:"鬼灯如漆照松花",徐兰《磷火》:"别有火光黑比漆,埋伏山坳语啾唧"(沈德潜《国朝诗别裁》卷二五)⑲。西洋诗歌有同样的描写;我接受莱辛限定的范围,只摘取一二写景的词句,不管宗教诗里常用的"黑暗之光"那类比喻⑳。莱辛称赞弥尔顿《乐园的丧失》里有"诗歌的画",在《拉奥孔》草稿中列举该诗章句为例,都是描述继续进展的动作的,"物质的画"画不出来㉑。不过,弥尔顿有些形容状态的词句,也同样无法画入"物质的画",莱辛似乎忽视了。例如地狱里的阴火"没有亮光,只是可以照见事物的黑暗"(no light but rather darkness visible),又魔鬼向天堂开炮,射出一道"黑火"(black fire)㉒。本身黑暗的光明或本身光明的黑暗,造型艺术很难表达。中国诗里的"黑日"也曾出现在雨果的诗里:"一个可怕的黑太阳耀射出昏夜"(Un affreux soleil d'où rayonne la unit)㉓;瓦勒利论"不可思议"(impossible à penser)和"荒谬无理"(un non-sens)的言词可能是实大声洪的好诗(une résonance magnifique),就举了雨果这句为例㉔。一位大画家确曾企图把黑太阳画出来;尽管度勒的名作《忧郁》(*Melencolia*)里那枚黑太阳也博得雨果的叹赏㉕,我们终觉得不如他自己的诗句惊心动魄。竟可以大胆说,我们要不是事先心中有数,还看不出度勒所画是黑太阳呢。度勒的失败并非偶然。"黑日"、"火光黑比漆"等景物是光暗一体的,只能黑漆漆而又亮堂堂地在文字艺术里立足存身。

一个很平常的比喻已够造成绘画的困难了,而比喻正是文学语言的特点。莱辛在草稿里也提起绘画无法利用比喻,因而诗歌大占胜著㉖,但他没有把道理细讲。

譬如说:"他真像狮子","她简直是朵鲜花",言外的前提是:"他不完全像狮子","她不就是鲜花"。假如他百分之百地"像"一头狮子,她货真价实地"是"一朵鲜花,那两句话就是"验明正身"的动植物分类,不成为比喻,因而也索然无味了。南宋小诗人巩丰有首题目很长的诗,《芋洋岭背闻雨声满山。细听,岭上槁叶风过之,相戛击而成音,后先疏数中节,清绝难状。篷笼夜雨,未足为奇》:"一叶初自吟,万叶竞相谖。须臾不闻风,但听雨索索。是雨亦无奇,如雨乃可乐。……"(读画斋重刻本《南宋群贤小集》第三三册《江湖后集》卷一）"是"就"无奇"，"如"才"可乐"；简洁了当地说出了比喻的性质和情感价值。"如"而不"是"，不"是"而"如"，比喻体现了相反相成的道理。所比的事物有相同之处，否则彼此无法合拢；它们又有不同之处，否则彼此无法分辨。两者全不合，不能相比；两者全不分，无须相比。所以佛经里讲"分喻"，相比的东西只有"多分"或"少分"相类（《翻译名义集》第五三篇"阿波陀那"条，参看《大般涅槃经·如来品》第四之二又《狮子吼菩萨品》第一一之三）。不同处愈多愈大，则相同处愈有烘托；分得愈远，则合得愈出人意表，比喻就愈新颖。古罗马修辞学早指出，相比的事物间距离愈大（longius），比喻的效果愈新奇创辟（novitatis atque inexspectata magis）[22]。中国古人对比喻包含的辩证关系，也有领会。刘向《说苑·善说》记惠子论"譬"，说"弹之状如弹"则"未喻"；皇甫湜根据"岂可以弹喻弹"的意思，总括出比喻的原则：一方面"凡喻必以非类"，另一方面"凡比必于其伦"（《皇甫持正集》卷四《答李生第二书》、《第三书》）。杨敬之《华山赋》里有下面几句："上上下下，千品万类，似是而非，似非而是"（《全唐文》卷七二一），恰可移作皇甫湜那两句话的阐释。"似是而非，似非而是"；"是雨亦无奇，如雨乃可乐"：唐文和宋诗十八个字把比喻的构成和诱力综括无遗了。

比喻是文学语言的擅长，一到哲学思辨里，就变为缺点——不谨严、不足依据的比类推理（analogy）。讲究名辩的《墨子·经》下说："异类不吡，说在量"，"吡"即"比"，《经说》下举例为证："木与夜孰长，智与粟孰多。"逻辑认为"异类不比"，通常口语以及文学词令相反地认为"凡喻必以非类"。流行成语不是说什么"斗筲之人"、"才高八斗"么?墨子本人和大大小小的理论家一样,常常受不了亲手制造的理论的束缚;譬如他在开卷第一篇《亲士》里,就满不在乎自己斤斤辩明的道理,竟把"智"和"粟"、人的性格和器物的容量"类吡"起来:"是故江河不恶小谷之满己也,故能大。圣人者,事无辞也,物无违也,故能为天下器。"木的长短属于空间范围,夜的长短属于时间范围,是"异类"的"量",不能相"比"。但是晏几道《清商怨》的妙语:"要问相思,天涯犹自短",又《碧牡丹》"静忆天涯,比此情犹短",不就把时间上绵绵无尽期的长"相思"或"情"和空间上绵绵远道的"天涯"较量一下长短么?明人诗:"鄂君绣被寒无香,江水不如残夜长"(《列朝诗集传》甲集前编卷一刘基《江上曲》),或清人词:"人言路远是天涯,天涯更比残更短"(《全清词钞》卷三徐尔铉《踏莎行》),不就更直捷爽快地用同一尺度来测"量""异类"的空间和时间么㉙?外国成语不也说一个瘦高个子"像饿饭的一天那么长"(Il est long comme un jour sans pain et maigre comme carême-prenant)么?可见"智与粟"比"多"、"木与夜"比"长",在修辞上是容许的。所以,从逻辑思维的立场来看,比喻被认为是"事出有因的错误"(Figura è un errore fatto con ragione)㉙,是"自身矛盾的谬语(eine contradictio in adjecto),因而也是逻辑不配裁判文艺(dass die Logik nicht die Richterin der Kunst ist)的最好证明"㉚。难道不正是绘画不能复制诗文的简单证明么?

造型艺术很难表达这种"似是而非、似非而是"的情景。宋人词:"溪上群山,戢戢分驼背"(李弥逊《蝶恋花·新晴》);金人诗:"骇浪奔生马,荒山卧病驼"(元好问《中州集》卷九张楫小传摘句);近人诗:"古道修如蛇,枯杨秃如拳。晚山如橐驼,坐卧夕阳边。"(许承尧《疑厂诗》卷丁《兰州赴京师途中杂诗》)比山峰于骆驼——骆驼有肉峰,杜诗所谓"紫驼之峰",不失为以物拟物的贴切比喻,说的又是静止状态——"坐"驼、"卧"驼,绝不是什么"继续进展"的"动作"。问题是:怎样把似驼而非的山写入"物质的画"呢?把山峰画得像一头骆驼么?画了山峰,又沿着它的外廓用虚线勾勒一头骆驼么?画一座大山,旁边添一头小骆驼,让观者即异见同么? 还是模仿有名的《梨子连环图》("Les Poires")的办法,在衔接的一幅幅里,画山峰一步步转化,到头来变了骆驼么㉛?这都说不上山水画,而只是开玩笑的讽刺或滑稽画了,因为滑稽手法常"把二分之一或四分之一相似转变为全部相等"(Die Komik verwandle Halbe und Viertelsähnlichkeit in Gleichheiten)㉜。就像有些"现代派"画把自行车画成牛头,车上把手是两只角,或把女明星的脸画成一间屋子,嘴唇是沙发椅,鼻子是烟囱㉝。袁凯《海叟诗集》卷二《王叔明画〈云山图〉》:"初为乱石势已大,橐驼连峰马牛卧";题画诗完全可以用比喻这样描写,所题的画里倘若坐实那种景象,就算不得《云山图》,至多只是《畜牧图》了!

这个道理,狄德罗早讲过。他说,诗歌可以写一个人给爱神的箭射中,而图画只能画爱神向他张弓瞄准,因为诗歌所谓中了爱神的箭是个比喻,若照样画出,画中人看来就像遭受肉体创伤了(ce n'est plus un homme percé d'un métaphore, mais un homme percé d'un trait réel qu'on perçoit)㉞。霍桑也举紧扣了比喻字面作画 (to make literal pictures of figurative expressions)的几个笑话㉟。在不是讲艺术的中国古书里，我意外碰上相同的识见。洪适《隶释》卷一六《武梁祠堂画像释》："《帝王世纪》称上古圣人'牛首蛇身'之类，亦犹孔子四十九表所谓'龟脊虎掌'，世之言相者，有'犀形'、'鹤形'之比也。俗儒作图谱，遂有真为异类之状者。此碑所画伏戏，自腰以下若蛇然，亦非也。"倪元璐《倪文贞公文集》卷七《陈再唐〈海天楼时艺〉序》："画人貌人者，贵能发其河山龙凤之姿，而不失其颧面口目之器；苟使范山模水以为口目而施苞羽鳞鬐之形于其面，则非人矣！"汪曰桢《湖雅》卷六："时适多蚊，因仿《山海经》说之云：'虫身而长喙，鸟翼而豹脚。'……设依此为图，必身如大蛹，有长喙，背上有二鸟翼，腹下有四豹脚，成一非虫非禽非兽之形，谁复知为蚊者！"十八世纪一部英国通俗小说嘲笑画家死心眼，把比喻照样画出 (the ridiculous consequence of realizing the metaphors)，举了个例。《新约全书·马太福音》讲起责人严而对己宽的恶习，比喻为："只瞧见兄弟眼睛里的蓬尘(mote)，不知道自己眼睛里有木杆(beam)。"一位画家作了这样的插图：一个眼里刺出长木梁的人伸手去拨另一人眼里插的小稻草㊱。一句话，诗里一而二、二而一的比喻是不能入画的；或者说，"画也画得就，只不像诗。"

四

《拉奥孔》所讲的主要是故事画。那时候,故事画是公认为绘画中最高的一门,正如叙事的史诗是公认为文学中最高的一体。文艺复兴的一个代表人物阿尔培尔谛(L. B. Alberti)在《画论》(*Della Pittura*)里,就推崇故事画是画家"最伟大、最尖端"(grandissima, summa)的作品。十九世纪依然有这种风尚。一幅画只能画出整个故事里的一场情景;因此,莱辛认为画家应当挑选全部"动作"里最耐寻味和想像的那"片刻"(Augenblick),千万别画故事"顶点"的情景。一达顶点,情事的演展到了尽头,不能再"生发"(fruchtbar)了,而所选的那"片刻"仿佛妇女"怀孕"(prägnant),它包含从前种种,蕴蓄以后种种㊲。这似乎把莱伯尼兹的名言应用在文艺题材上来了:"现在怀着未来的胚胎,压着过去的负担。"(Le présent est gros de l'avenir et chargé du passé)㊳抽象地说,时间的每一片刻无不背上负重而腹中怀孕。在具体人生经验里,各个片刻有不同的价值和意义;负担或轻或重,或则求卸却而不能,或则欲放下而不忍,胚胎有的尚未成熟,有的即可产生,有的恰如期望,有的大出意料。艺术家根据需要,挑选合用的片刻情景。黑格尔讨论造型艺术时,再三称引莱辛所批驳的文格尔曼(Winckelmann),一笔带过了莱辛,讲拉奥孔那个雕像时,连他的名字也不提㊴。然而他悄悄地采纳了莱辛的论点。黑格尔说,绘画不比诗歌,不能表达整个事件或情节的发展步骤,只能抓住一个"片刻"(Augenblick),因此画家该选择那集合在一点上继往开来的景象(in welchem das Vorgehende und Nchgehende in *einen* Punkt zusammenge-drangt ist);譬如画打仗,就得画胜负已分而战斗未了的片刻(das Gefecht ist noch sichtbar, zugleich aber die Entscheidung bereits gewiss)⑩。包孕最丰富的片刻是个很有用的概念㊶,后世美学家一般都接受了,并作心理学上的阐明㊷。这个概念不仅应用在故事画上,甚至一位英国诗人论人物画也说:画中人的容貌应当"包孕着"许多表情而只"生产出"一个表情(pregnant with many expressions, but delivered of one)㊸。

中国古人画故事,也知道不挑选顶点或最后景象。黄庭坚《豫章黄先生文集》卷二七《题摹〈燕郭尚父图〉》:"往时李伯时为余作李广夺胡儿马,挟儿南驰,取胡儿弓引满以拟追骑。观箭锋所值,发之,人马皆应弦也。伯时笑曰:'使俗子为之,作箭中追骑矣。'余因此深悟画格。"看来唐人早"悟"这种"画格"。楼钥《攻愧集》卷七四《跋〈秦王独猎图〉》:"此《唐文皇独猎图》,唐小李将军[李昭道]之笔。……三马一豕,皆极奔骤;弓既引满而箭锋正与豕相值。岂山谷、龙眠俱未见此画耶?"李公麟深能体会富有包孕的片刻,只要看宋人关于他另一幅画《贤已图》的描写。岳珂《桯史》卷二:"博者五六人,方据一局,投迸盆中,五皆卢,而一犹旋转不已。一人俯盆疾呼,旁观者皆变色起立。"㊹"投"即"骰","贤已"出《论语·阳货》:"不有博弈者乎!为之犹贤乎已。"避免"顶点",让观者揣摹结局,全由那颗旋转未定的骰子和那个俯盆狂喊的赌客体现出来。《独猎图》景象的结果可以断定,《贤已图》景象的结果不能断定;但两者都面临决定性的片刻,划然而止,却悠然而长,留有"生发"余地。李昭道和李公麟当然不会知道莱辛和黑格尔,就像十九世纪初期英国木刻家比逸克(Thomas Bewick)也未必看到、听到他们的理论。然而比逸克常画一些富于含意的细节来表达整个故事,暗示即将发生的一场悲剧(telling a story by suggestive detail, foreshadowing a tragedy)——一句话,他挑选那留有生发余地的"片刻"。《四足动物通史》(*General History of Quadrupeds*)里有这样一幅插图:草地上一个保姆和一个男人依偎谈情;她管领的才能行走的小娃娃正使劲拉扯一匹小马的尾巴;那马回头怒目,举起后蹄;那娃子的妈满面惊惶,从屋里跑出来,但显然赶不及了(but she can hardly be in time)⑮。这幅三时阔两时长的画假如给莱辛、黑格尔瞧见,也许会蒙他们嘉赏。

这种"画格"在后世故事画里常有体现,例如密莱司(J.E. Millais)取材于滑铁卢战争的名作(*The Black Brunswicker*),但它是否成为造型艺术的定规,我不知道。我感兴趣的是,它可能而亦确曾成为文字艺术里一个有效的手法。诗文叙事是继续进展的,可以把整个"动作"原原本本、有头有尾地传达出来,不比绘画只限于事物同时并列的一片场面;但是它有时偏偏见首不见尾,紧临顶点,就收场落幕,让读者得之言外。换句话说,"富于包孕的片刻"那个原则,在文字艺术里同样可以应用。我接受莱辛的范围,只从叙事文学里举一两个熟悉的例子,不管抒情诗里的"含蓄"等等。

莱辛赞许过但丁《地狱》篇里描写饥饿的诗句㊻。整个《神曲》有两行诗,一直公认为但丁诗风的最好样品,语约意远,"以最简的方法,获取最大的效果"(ottenere il maggiore effetto possibile coi minori mezzi possibili)㊼。一行就是莱辛称引的,另一行更著名,是弗朗契斯卡(Francesca)回忆她和保罗(Paolo)恋爱经过的末一句。她说和他同读传奇,渐渐彼此有情,后来读到一个角色为男女主角撮合,"那一天我们就不读下去了"(Quel giorno più non vi leggemmo avante)㊽。她也讲不下去了;说得更确切些,但丁自己不讲下去了。他在逼临男女两情相悦的顶点时,把话头切断,那必然的结局含而不露,"笔所未到气已吞"。这和黑格尔所举打仗的例子性质完全符合,都是事势必然而事迹未毕露,事态已熟而事变即发生。"富于包孕的片刻"不但指图画里箭锋相值、"引而不发"的情景,也很适用于但丁诗里情不自禁、书难卒读的情景。这个手法可在各种叙事文学里碰见,就像契诃夫的短篇小说。契诃夫有一种"以不了了之"的手法,就是避免顶点,不到情事收场,先把故事结束,使人从他所讲的情事寻味他未讲的余事或后事。举选本常收的《一个带狗的女人》为例。一个中年男人和一个年轻女人相好,觉得生平初次领略爱情的甜味。不幸,他家里有妻有子,只好偷情幽会,不能称心欢聚,那女孩子也很感委曲,呕气哭了一场。他也明白长此下去,终非了局,得找个妥善办法。于是两口儿仔细商量:"解决的办法看来一会儿就可以商量出来,辉煌的新生活就可以开始。他们俩都认识前路漫长,险阻艰难还刚起头呢。"㊾是事情顶点的端倪么?已经是故事的末尾了。一对情人在密室里打主意的场面,正是所谓"富于包孕的片刻"。至于他们究竟"商量"出什么"办法",读者据人物的性格和处境自去推断,作者不花费笔墨。

我所见古代中国文评,似乎金圣叹的评点里最着重这种叙事法。《贯华堂第六才子书》卷二《读法》第一六则:"文章最妙,是目注此处,却不便写,却去远远处发来。迤逦写到将至时,便又且住。如是更端数番,皆去远远处发来,迤逦写到将至时,即便住,更不复写目所注处,使人自于文外瞥然亲见。《西厢记》纯是此一方法,《左传》、《史记》亦纯是此一方法";卷八:"此《续西厢记》四篇不知出何人之手。……尝有狂生题《半身美人图》,其末句云:'妙处不传。'此不直无赖恶薄语,彼殆亦不解此语为云何也,夫所谓妙处不传云者,正是独传妙处之言也。……盖言费却无数笔墨,止为妙处;乃既至妙处,即笔墨却停。夫笔墨都停处,此正是我得意处。然则后人欲寻我得意处,则必须于我笔墨都停处也。今相续之四篇,便似意欲独传妙处去,……则是只画下半截美人也。"㊿他的评点使我们了解"富于包孕的片刻"不仅适用于短篇小说的终结,而且适用于长篇小说的过接。章回小说的公式:"欲知后事如何,且听下回分解",是要保持读者的兴趣,不让他注意力松懈。填满这公式有各种手法,此地只讲一种。《水浒》第七回林冲充军,一路受尽磨折,进了野猪林,薛霸把他捆在树上,举起水火棍劈将来,"毕竟林冲性命如何,且听下回分解"。这符合"富于包孕的片刻"的道理。野猪林的场面构成了一幅绝好的故事画：一人缚在树上，一人举棍欲打，一人旁立助威，而树后一个雄伟的和尚挥杖冲出。一些"绣像"本《水浒》里也正是那样画的，恰和《秦王独猎图》、《四足动物史》插图一脉相通，描摹了顶点前危机即发的刹那，"写到将至时，便又且住"，"既至妙处，笔墨却停"。清代章回小说家不讳言利用"欲知后事，且听下回"的惯套，以博取艺术效果。例如《儿女英雄传》第五回结尾："要知那安公子性命如何，下回交代"；第六回开首："……请放心，倒的不是安公子，……是和尚。和尚倒了，就直捷痛快地说和尚倒了，就完了事了，何必闹这许累赘呢？这可就是说书的一点儿鼓噪。"《野叟曝言》第五、第一〇六、第一二五、第一二九、第一三九回《总评》都讲"回末陡起奇波"，"以振全篇之势，而隔下回之影"，乃是"累坠呆板家起死回生丹药"。"富于包孕的片刻"正是"回末起波"、"鼓噪"的好时机。章学诚《文史通义》外篇一《史篇别录例议》："委巷小说、流俗传奇每于篇之将终，必曰：'要知后事如何，且听下回分解'，此诚搢绅先生鄙弃勿道者矣。而推原所受，何莫非'事具某篇'作俑欤？"这位史学家作了门面之谈。"事具某篇"，是提到了某一事而不去讲它，只声明已经或将要在另一场合详讲。例如《史记·留侯世家》："……及见项羽后解，语在项羽事中"，指相隔四十七卷以前的《项羽本纪》；《袁盎晁错列传》："……吴兵乃可罢，其语具在吴事中"，指相隔五卷以后的《吴王濞列传》。"欲知后事如何，且听下回分解"有三种情形：一、讲完了某事，准备紧接着讲另一事；二、某事讲到临了,忽然不讲完,截下了尾巴;三、某事讲个开头,忽然不讲下去,割断了脖子。第一种像《水浒》第三回长老教鲁智深下山"投一个去处安身",赠他"四句偈言":"毕竟真长老与智深说出甚言语来,且听下回分解。"第二种像上面所举野猪林的情景。第三种像第二回鲁达在人丛中听榜文,背后一人拦腰抱住叫"张大哥",扯离了十字街口,"毕竟扯住鲁提辖的是甚人,且听下回分解"。第二、三种都制造紧张局势(cliffhanger),第一种是搭桥摆渡。"事具某篇"的"某篇"距离很远,不发生过渡或紧张的问题;那句话只是交代或许诺一下,仿佛说"改日再谈吧",或"从前谈过了",好比吉卜林(Kipling)所谓"那是另一桩故事"(but that is another story)。"且听后回"和"事具某篇"两者不能相提并论的。

  这种"回末起波"的手法并不限于中国章回小说,我们的西洋文学研究者不该不注意到。例如乔治·桑(George Sand)称赞大仲马和欧仁·修两人能在每章结束处特起奇峰,使读者心痒情急,热锅上蚂蚁似的要知后事(l'art de finir un chapitre sur une péripétie intéressante, qui devait tenir le lecteur en haleine, dans l'attente de la curiosité ou de l'inquiétude)⑪。维尼在自己的小说里曾嘲笑一般故事作者"使读者惊奇,又使读者急待结局"(faire des surprises et faire attendre la fin d'une histoire)⑫。十九世纪德国剧作家鲁德维希在论小说的著作里认真分析了制造紧张的技巧,其中之一是"刺激好奇心的紧张"(die Spannung der Neugierde),使读者心口相问:"出了什么事儿呀?谁碰上了呀?他的吉凶怎样呀?"(Was geschiet? Wen betrifft es? Wie ist er?)等等㊺。这种手法似乎早见于文艺复兴时的民间说唱故事(cantastorie)以至长篇叙事诗,后来还推广到剧本里。譬如博亚尔多那首兼有《西游记》和《封神榜》神魔风味的长诗,差不多每一篇都以"欲知趣事奇事,请听下篇"等等为结束(Però un bel fatto potreti sentire, / Se l'altro canto tornareti a odire; Nell'altro canto ve averò contato, / Se sia concesso dal Segnor supremo, / Gran meraviglia e più strana ventura / Ch' odisti mai per voce, or per scrittura);一位编注者甚至慨叹说:"这又是不一口气讲完的一篇!"(Ed ecco un altro canto che si interrompe col fiato sospeso!)㊻后来居上的亚理奥斯多在他那首使笔如舌、逸趣横生的长诗里,也往往写到紧要关头,就把一篇结束,说:"请让我歇一下嗓子,然后再讲来由";"我话讲到这里,您如愿知后文,下次奉告。"(Poi vi diro, signor, che ne fu causa, / ch'avro fatto al cantar debita pausa; Ma differisco un'altra volta a dire / quel che seguì, se mi vorrete udire.)㊼等等。 高乃伊说,在五幕剧里,前四幕每一幕的落幕时必须使观众期待着下一幕里的后事(il est nécessaire que chaque acte laisse une attente de quelque chose qui doive se faire dans celui qui le suit)㊽。十九世纪英国小说家里特(Charles Reade)指导习作长篇小说的后辈,干脆只有三句话:"使他们笑, 使他们哭, 使他们等"(Make'em laugh; make'em cry; make'em wait)——"他们"指读者,"等"的涵意

不就是"刺激好奇心的紧张"么？也正是"欲知后事,且看下回"了。

这种手法仿佛"引而不发跃如也","盘马弯弓惜不发"。通俗文娱"说书"、"评弹"等长期运用它,无锡、苏州等地乡谈所谓"卖关子"。《水浒》第五〇回白秀英"唱到务头",白玉乔"按喝"道:"我儿且回一回,……且走一遭,看官都待赏你!"《说岳全传》第一〇回大相国寺两个说"评话"的人,一个"说到"八虎来到幽州,"就不说了",另一个"说到"罗成把住山口,"就住了",杨再兴、罗延庆打开银包,送给说书"先生"银子。蒋士铨《忠雅堂诗集》卷八《京师乐府词》之三《象声》:"语入妙时却停止,事当急处偏回翔。众心未餍钱乱撒,残局请终势更张。"都是写"卖关子"。十九世纪英国一部小小经典小说也写波斯"说话人"讲故事,一到紧急关头,便停下来（made a pause when the catastrophe drew near）,说:"列位贵人听客,请打开钱包吧!"(Now, my noble hearers, open your purses!)⑰莱辛讲"富于包孕的片刻",虽然是为造型艺术说法,但无意中也为文字艺术提供了一个有用的概念。"务头"、"急处"、"关子"往往正是莱辛、黑格尔所理解的那个"片刻"。

五

一个善于刻划景物的近代英国诗人写信给朋友说,莱辛讲诗里不该有画,"那是撒谎,该死的撒谎!"(a damned lie)⑱这表示《拉奥孔》还有活生生的挑动力,在百余年后还能激起作家那么强烈的反应。莱辛承认诗歌和绘画各有独到,而诗歌的表现面比绘画"愈广阔"⑤⑨。假如上面提出的两点有些道理,那末诗歌的表现面比莱辛所想的可能更广阔几分。当然,也许并非诗歌广阔,而是我自己褊狭,偏袒、偏向着它。

注

① 这篇文章原是 1962 年写的。
② 狄德罗《关于戏剧演员的诡论》(*Paradoxe sur le comédien*),阿赛扎(J. Assézat)编《全集》第 8 册 370 又 423 页。
③ 参看《管锥编》(三)573—579 页。尼采说演员假如感受他正表演的情感,他就"完蛋了"(er wäre verloren – *Kunst und Künstler*, §7, *Werke*, Alf-red Kröner, Bd XI, S.2);当代社会学家高夫曼(Erving Goffman)论日常处世接物也需要演戏的训练(dramaturgical discipline – *The Presentation of Self in Everyday Life*, "Pelican Books", pp. 210—212)。都无意中附和了这种"诡论"。德国浪漫主义时期佚名作者的一部古怪小说《守夜》里,有位演员说自己演出时带着强烈感情(mit Gefühl),"冷静是艺术的坟墓"(Nüchternheit ist das Crab der Kunst – *Die Nachtwachen des Bonaventura*, XII, Edinburgh Bilingual Library, 1972, p. 186),那显然针对"诡论"而发。
④ 《堂·吉诃德》第 2 部第 3 章,用杨绛译本下册 29 页的译文。
⑤ 我所见到这句话的最早书面记载,是嘉庆二十一年(1816)刻本缪艮辑《文章游戏》二编卷一汤春生《集杭州俗语诗》,又卷八汤诰《杭州俗语集对》。这句"俗语"决不限于杭州,我小时候在无锡、苏州也曾听到。
⑥ 《精神现象学》(*Phänomenologie des Geistes*),霍夫迈斯德(J. Hoffmeister)校订本 28 页,又《逻辑学》(*Wissenschaft der Logik*),雷克拉姆(Reclam)《万有丛书》版第 1 册 21 页。参看列许登堡(G. C. Lichtenberg)《隽语·散文·书信》(*Aphorismen, Essays, Briefe*),巴德(K. Batt)编本 75 页说,对同一事物可有两种不同性质的信念:因愚昧而遗留的信念(noch glauben),经思考而恢复的信念(wieder glauben)。讲来最清楚的是纽曼(J. H. Newman)分析"一般概念的赞同"(notional assent)和"真知实意的赞同"(real assent),见《赞同的原理》(*The Gram-*

mar of Assent),彭士·沃茨(Burns,Oates & Co.)版 74—75 页。《河南程氏遗书》卷二上《吕与叔东见二先生语》:"真知与尝知异。尝见一田夫被虎伤。……虎能伤人,虽三尺童子莫不知之,然也未尝真知,真知须如田夫乃是。"那三个外国思想家所讲的正是这个区别。

⑦ 《拉奥孔》15 及 16 章,李拉(P. Rilla)编《莱辛全集》第 5 册 114—115 页。

⑧ 马国翰辑《陆氏要览》、严可均辑《全晋文》都漏收这一节。

⑨ 《拉奥孔》3 章,28 页。

⑩ 《拉奥孔》14 章,112 页;参看 13 章,108 页。

⑪ 参看《管锥编》(一)134—139 页。中国旧诗语言精简,不像散文和白话小说需要用"当其时"、"正是这个时候"等词句来交代清楚。西洋小说写同时异地的情事也偶尔省略了交代,例如福楼拜《情感教育》写三个人分两处同时伤心落泪,只用一个"也"字(tous deux sanglotaient...Mme Dambreuse aussi pleurait—L'Éducation sentimentale , III. v, Conard, p. 585);但这类词句 (à cette heure-là; pendant ce temps-là; la même aprèsmidi, au même moment; an moment même où)还是经常用的 (Madame Bovary, III. X, Conard, p. 469; L'Éducation sentimentale, II. iii, Conard, pp. 264—265; ib., II. v, p. 356; Sodome et Gomorrhe, II. ii, A la recherche du temps perdu, "La Pléiade", II, p. 739)。

⑫ 阎若璩《潜丘札记》卷二说"文章"有"四宾主":主中主,主中宾,宾中主,宾中宾。参看吴乔《围炉诗话》卷二以"古文四宾主法"论高适《燕歌行》。

⑬ 柏克(E. Burke)《论崇高与美丽》(A Philosophical Inquiry into the Sublime and the Beautiful)第 4 部分 7 节,波尔顿 (J. T. Boulton) 编校本 174—175 页。

⑭ 《牛津英语大字典》(O. E. D.)"Purple", A. 3。

⑮ 汤姆逊(James Thomson)《四季·春》(The Seasons: "Spring") 109—110 行,《诗集》牛津版 7 页。

⑯ 《浮士德》第 1 部 2038—2039 行;弗罗斯德(Robert Frost)《诗集》翠鸟书屋(Halcyon House, 1939)版 272 页。

⑰ "黄金"是古希腊以来形容美女的套语,参看狄奥·克利索斯东(Dio Chrysostom)《演讲集》(Discourses)第 7 又 19 篇注,《罗勃(Loeb)古典丛书》本第 1 册 261 页、第 2 册 283 页。例如西洋人称赞美女的"乌黑眼珠、黄金脸蛋"(from her black eyes and from her golden face – Robert Burton, Anatomy of Melancholy, "Everyman's Lib.", vol. III, p. 85),颜色也一实一虚;"黄金"正是"鲜明貌"(radiant beauty),指容光焕发,"非色也"。《说唐》第七回说秦叔宝"尊容面黄如金",这个中国

好汉和那位西方美人并没有类同的脸色。

⑱ 艾尔德曼（K.O.Erdmann）《文字的意义》（*Die Bedeutung des Wortes*）215—217页。

⑲ 参看《管锥编》（二）704—708页。

⑳ 参看《管锥编》（二）107页。

㉑ 《拉奥孔》14章，111页，又《附录》270、298—299、308—310页。

㉒ 《乐园的丧失》（*Paradise Lost*）第1卷63行又第2卷67行，《弥尔顿诗集》牛津版183又203页。弥尔顿的诗题，恰像亚理奥士多和塔索的名著的题目，都采用了拉丁语法；译为《乐园的丧失》（不是《丧失的乐园》）、《奥兰都的疯狂》（不是《疯狂的奥兰都》）、《耶路撒冷的解放》（不是《获得解放的耶路撒冷》），才切合意义而不误解语法。参看海德（G.Highet）《古典文学的传统》（*The Classical Tradition*）160页。

㉓ 雨果（Hugo）《静思集》（*Les Contemplations*）第6卷26篇，《雨果诗集》欧伦托夫（Ollendorff）版421页。

㉔ 瓦勒利（Valéry）《文学》（*Littérature*），见《瓦勒利集》，《七星（La Pléiade）丛书》本第2册557页。

㉕ 手边所有芬尤（Ivan Fenyó）编《度勒（A.Dürer）画选》第56幅；雨果赞语见《莎士比亚论》第2部2卷《哈姆雷德节》，欧伦托夫版130页。

㉖ 《拉奥孔·附录》298页。

㉗ 昆体良（Quintilian）《修辞原理》（*Institution oratoria*）第8卷3章74节，《罗勃古典丛书》本第3册252页。

㉘ 参看《管锥编》（一）336—340页。

㉙ 孟席尼（B.Menzini）语，见列奥巴迪（G.Leopardi）选《意大利诗文菁华录》（*La Crestomazia italiana*），《欧伯列（Hoepli）经典丛书》本89页。

㉚ 格利尔巴泽（F.Grillparzer）《日记》，见《全集》，罗来德（E.Rollett）与骚渥（A.Sauer）编本第7册359页。

㉛ 十九世纪法国有名漫画，共四幅。第一幅是国王路易·非立泼的肖像，在第二、三幅里他的面貌循序渐进地接近梨子的形状，结果成为第四幅里一颗带叶的梨子。参看贡布里支（E.H.Gombrich）《艺术与错觉》（*Art and Illusion*）5版290—291页。

㉜ 列普斯《滑稽与幽默》（*Komik und Humor*）27页。

㉝ 参看普拉兹（M.Praz）《美与怪》（*Bellezza e Bizzaria*）104页。崔涯《嘲李端端》："鼻似烟窗耳似铛"，假如把这句诗画出来，也许李端端和那幅洋画里的女明

星就像一家人了。

㉞ 狄德罗《一七六一年画展》(*Salon de 1761*),《全集》第10册111—112页。

㉟ 霍桑(Hawthorne)《美国随笔》(*American Notebooks*),司徒沃德(R. Stewart)编注本107页。

㊱ 格雷扶斯(Richard Graves)《宗教信仰里的吉诃德》(*The Spiritual Quixote*)第2卷6章,台维斯(Peter Davis)版第2册16页。

㊲ 《拉奥孔》3章,28页;16章,115—116页;19章,140页。

㊳ 莱伯尼兹(Leibniz)《悟性新论》(*Nouveaux Essais sur L'Entendement*)《序言》,盖尔哈德(C. J. Gerhardt)编《莱伯尼兹哲学著作》第5册48页。用胡塞尔(E. Husserl)现象学的术语来说,"内心的时间意识"(innere Zeitbewusstsein)的每一刻都是"留存"过去(Retention)和"延伸"未来(Protention)的辩证状态。

㊴ 黑格尔《美学》(*Aesthetik*),建设出版社(Aufbau)本(1955)703,705页。

㊵ 前书777页,参看869页。

㊶ 例如席勒1797年10月2日致歌德书论戏剧情节里富于"包孕"(prägnant)的"片刻"(Moment),人民企业出版社(VEB)三册本《席勒集》第2册255页。

㊷ 例如伏尔凯尔德(J. Volkelt)《美学系统》(*System der Aesthetik*)第1册146—147页。

㊸ 太勒(Sir Henry Taylor)《自传》(*Autobiography*)第2册249页。

㊹ 参看《二十年目睹之怪现状》第四十五回里的白话改编。

㊺ 兰恩(Andrew Lang)《藏书漫话》(*The Library*)第4章142—143页;这一章专讲插图,是多勃生(Austin Dobson)所写。

㊻ 《拉奥孔》25章,186页。

㊼ 吉乌斯谛(G. Giusti)《论〈地狱〉里两行诗》(*Di due versi dell' Inferno*),《吉乌斯谛诗文选》(*Prose e Poesie scelte*)《欧伯利经典丛书》本109页。

㊽ 《地狱》第5篇138行。

㊾ 迦纳德(Constance Garnett)英译《契诃夫小说选》26页。

㊿ 金圣叹所谓"狂生",大约指唐寅。唐仲冕辑本《六如居士集》卷三有《题半身美人图》七绝两首,说什么"动人情处未曾描","写到风流处便休"。参看李渔《奈何天》第一九折吴氏题半截美人扇诗眉批"可并唐伯虎而更胜",又《一家言》卷七《西子半身像》。

51 引自卜米埃(J. Pommier)《文评和文学史的问题》(*Questions de critique et d'histoire littéraire*)88页。

(52) 维尼(Alfred de Vigny)《士兵生活的委屈和伟大》(*Servitude et grandeur militaires*)第2部10章,《全集》《七星丛书》本第2册591页。

(53) 鲁德维希(Qtto Ludwig)《小说研究》(*Die Romanstudien*),《全集》,史德恩(A. Stern)编本第6册104页。当代西德文论家伊塞尔(W. Iser)论十九世纪报刊连载的长篇小说用"截割手法"(Schnittechnik)制造紧张(Spannung, Suspens-Effekt),使读者急欲知"后事如何"(Wie wird es weitergehen?);见瓦尔宁(R. Warning)编《接受美学论文集》(*Rezeptionsasthetik*)第2版(1979)236—237页。

(54) 博亚尔多(M. M. Boiardo)《奥兰都的痴情》(*Orlando innamorato*)第1卷1篇91节,2篇68节,25篇61节,安欠斯基(G. Anceschi)编注本,加桑谛(Garzanti)版第1册28,47,472页。

(55) 亚理奥斯多(L. Ariosto)《奥兰都的疯狂》(*Orlando furioso*)第3篇77节,11篇83节,《欧伯利(Hoepli)古典丛书》本25,102页。

(56) 高乃伊(Corneille)《剧论》(*Discours sur le poème dramatique*)第3篇,《全集》勒非勿尔(Lefevre)版第12册117页。

(57) 莫利阿(J. Morier)《伊斯巴汉的哈吉巴巴》(*Hajji Baba of Ispahan*)11章,《世界经典丛书》(The World's Chassics)本70—71页。

(58) 阿卜德(C. C. Abbott)编《霍普金士与狄克逊通信集》(*The Correspondence of G. M. Hopkins and R. W. Dixon*)61页。

(59) 《拉奥孔》6章,58页;8章,77又79页。

通　感

中国诗文有一种描写手法，古代批评家和修辞学家似乎都没有理解或认识。

宋祁《玉楼春》有句名句："红杏枝头春意闹。"李渔《笠翁余集》卷八《窥词管见》第七则别抒己见，加以嘲笑："此语殊难著解。争斗有声之谓'闹'；桃李'争春'则有之，红杏'闹春'，余实未之见也。'闹'字可用，则'炒'[同'吵']字、'斗'字、'打'字皆可用矣！"同时人方中通《续陪》卷四《与张维四》那封信全是驳斥李渔的，虽然没有提名道姓；引了"红杏'闹春'实未之见"等话，接着说："试举'寺多红叶烧人眼，地足青苔染马蹄'之句，谓'烧'字粗俗，红叶非火，不能烧人，可也。然而句中有眼，非一'烧'字，不能形容其红之多，犹之非一'闹'字，不能形容其杏之红耳。诗词中有理外之理，岂同时文之理、讲书之理乎？"也没有把那个"理外之理"讲明白。苏轼少作《夜行观星》有一句："小星闹若沸"，纪昀《评点苏诗》卷二在句傍抹一道墨杠子，加批："似流星！"这表示他并未懂那句的意义，误以为它就像司空图所写："亦犹小星将坠，则芒焰骤作，且有声曳其后。"（《司空表圣文集》卷四《绝麟集述》）宋人常把"闹"字来形容无"声"的景色，不必少见多怪。附带一提,方氏引句出于王建《江陵即事》。

晏几道《临江仙》:"风吹梅蕊闹,雨细杏花香。"毛滂《浣溪沙》:"水北烟寒雪似梅,水南梅闹雪千堆。"马子严《阮郎归》:"翻腾妆束闹苏堤,留春春怎知!"黄庭坚《次韵公秉、子由十六夜忆清虚》:"车驰马骤灯方闹,地静人闲月自妍";又《奉和王世弼寄上七兄先生》:"寒窗穿碧疏,润础闹苍藓。"陈与义《简斋诗集》卷二二《[舟抵华容县]夜赋》:"三更萤火闹,万里天河横。"陆游《剑南诗稿》卷一六《江头十日雨》:"村墟樱笋闹,节物团棕近";卷一七《初夏闲居即事》:"轻风忽起杨花闹,清露初晞药草香。"卷七五《开岁屡作雨不成,正月二十六日夜乃得雨,明日行家圃有赋》:"百草吹香蝴蝶闹,一溪涨绿鹭鸶闲。"范成大《石湖诗集》卷二〇《立秋后二日泛舟越来溪》之一:"行人闹荷无水面,红莲沉醉白莲酣。"陈耆卿《筼窗集》卷一〇《与二三友游天庆观》:"月翻杨柳尽头影,风擢芙蓉闹处香";又《挽陈知县》:"日边消息花争闹,露下光阴柳变疏。"赵孟坚《彝斋文编》卷二《康[节之]不领此[墨梅]诗,有许梅谷者仍求,又赋长律》:"闹处相挨如有意,静中背立见无聊。"《佩文斋书画谱》卷一四释仲仁《梅谱·口诀》:"闹处莫闹,闲处莫闲。老嫩依法,新旧分年。"从这些例子来看,方中通说"闹"字"形容其杏之红",还不够确切;应当说:"形容其花之盛(繁)。""闹"字是把事物无声的姿态说成好像有声音的波动,仿佛在视觉里获得了听觉的感受。马子严那句词可以和另一南宋人陈造也写西湖春游的一句诗对照:"付与笙歌三万指,平分彩舫聒湖山。"(《江湖长翁文集》卷一八《都下春日》)"聒"是说"笙歌",指嘈嘈切切、耳朵应接不暇的声响;"闹"是说"妆束",相当于"闹妆"的"闹",指花花绿绿、眼睛应接不暇的景象。"聒"和"闹"虽然是同义字,但在马词和陈诗里分别描写两种不同的官能感觉。宋祁、黄庭坚等诗词里"闹"字的用法,也见于后世的通俗语言,例如《儿女英雄传》三八回写一个"小媳妇子"左手举着"闹轰轰一大把子通草花儿、花蝴蝶儿"。形容"大把子花"的那"闹"字被"轰轰"两字申说得再清楚不过了,这也足证明近代"白话"往往是理解古代"文言"最好的帮助。西方语言用"大声叫吵的"、"砰然作响的"(loud, criard, chiassoso, chillón, knall)指称太鲜明或强烈的颜色①,而称暗淡的颜色为"聋聩"(la teinte sourde),不也有助于理解古汉语诗词里的"闹"字么?用心理学或语言学的术语来说,这是"通感"(synaesthesia)或"感觉挪移"的例子。

在日常经验里,视觉、听觉、触觉、嗅觉、味觉往往可以彼此打通或交通,眼、耳、舌、鼻、身各个官能的领域可以不分界限。颜色似乎会有温度,声音似乎会有形象,冷暖似乎会有重量,气味似乎会有体质。诸如此类,在普通语言里经常出现。譬如我们说"光亮",也说"响亮",把形容光辉的"亮"字转移到声响上去,正像拉丁语以及近代西语常说"黑暗的嗓音"(vox fusca)、"皎白的嗓音"(voce bianca),就仿佛视觉和听觉在这一点上有"通财之谊"(Sinnesgütergemeinschaft)。又譬如"热闹"和"冷静"那两个成语也表示"热"和"闹"、"冷"和"静"在感觉上有通同一气之处,结成配偶,因此范成大可以离间说:"已觉笙歌无暖热。"(《石湖诗集》卷二九《亲邻招集,强往即归》)②李义山《杂纂·意想》早指出:"冬日着碧衣似寒,夏月见红似热。"(《说郛》卷五)我们也说红颜色"温暖"而绿颜色"寒冷","暖红"、"寒碧"已沦为诗词套语。虽然笛卡儿以为我们假如没有听觉,就不可能单凭看见的颜色(par la seule vue des couleurs)去认识声音(la connaissance des sons),但是他也不否认颜色和声音有类似或联系(d'analogie ou de rapport entre les couleurs et les sons)③。培根的想像力比较丰富,他说:音乐的声调摇曳(the quavering upon a stop in music)和光芒在水面荡漾(the playing of light upon water)完全相同,"那不仅是比方(similitudes),而是大自然在不同事物上所印下的相同的脚迹"(the same footsteps of nature, treading or printing upon several subjects or matters)④。这算得哲学家对通感的巧妙解释。

各种通感现象里,最早引起注意的也许是视觉和触觉向听觉的挪移。亚理士多德的心理学著作里已说:声音有"尖锐"(sharp)和"钝重"(heavy)之分,那是比拟着触觉而来(used by analogy from the sense of touch),因为听、触两觉有类似处⑤。我们的《礼记·乐记》有一节美妙的文章,把听觉和视觉通连。"故歌者,上如抗,下如队,止如槁木,倨中矩,句中钩,累累乎端如贯珠。"孔颖达《礼记正义》对这节的主旨作了扼要的说明:"声音感动于人,令人心想其形状如此。"《诗·关雎·序》:"声成文,谓之音。"孔颖达《毛诗正义》:"使五声为曲,似五色成文。"《左传》襄公二九年季札论乐,"为之歌《大雅》,曰:'曲而有直体。'"杜预《注》:"论其声。"这些都真是"以耳为目"了!马融《长笛赋》既有《乐记》里那种比喻,又有比《正义》更简明的解释:"尔乃听声类形,状似流水,又像飞鸿。泛滥溥漠,浩浩洋洋;长簦远引,旋复回皇。""泛滥"云云申说"流水"之"状","长簦"云云申说"飞鸿"之"象";《文选》卷一八李善注:"簦,视也。"马融自己点明以听通视。《文心雕龙·比兴》历举"以声比心"、"以响比辩"、"以容比物"等等,还向《长笛赋》里去找例证,偏偏当面错过了"听声类形",这也流露刘勰看诗文时的盲点。《乐记》里"想"声音的"形状"那一节体贴入微,为后世诗文开辟了途径。

白居易《琵琶行》有传诵的一节:"大弦嘈嘈如急雨,小弦切切如私语。嘈嘈切切错杂弹,大珠小珠落玉盘。间关莺语花底滑,幽咽泉流冰下难。"它比较单纯,不如《乐记》那样描写的曲折。白居易只是把各种事物发出的声息——雨声、私语声、珠落玉盘声、鸟声、泉声——来比方"嘈嘈"、"切切"的琵琶声,并非说琵琶大、小弦声"令人心想"这种和那种事物的"形状"。一句话,他只是把听觉联系听觉,并未把听觉沟通视觉。《乐记》的"歌者端如贯珠",等于李商隐《拟意》的"珠串咽歌喉",是说歌声仿佛具有珠子的形状,又圆满又光润,构成了视觉兼触觉里的印象。近代西洋钢琴教科书就常说弹出"珠子般的音调"(la note perlée, perlend spielen),作家还创造了一个新词"珠子化",来形容嗓子(une voix qui s'éperle)⑥,或者这样描摹鸟声:"一群云雀儿明快流利地咭咭呱呱,在天空里撒开了一颗颗珠子。"(Le allodole sgranavano nel cielo le perle del loro limpido gorgheggio.)⑦"大珠小珠落玉盘"是说珠玉相触那种清而软的声音,不是说"明珠走盘"那种圆转滑溜的"形状",因为紧接着就说这些大大小小的声音并非全是利落"滑"顺,也有艰"难"涩滞的——"冰泉冷涩弦凝绝"。白居易另一首诗《和令狐仆射小饮听阮咸》"落盘珠历历",或韦应物《五弦行》:"古刀幽磬初相触,千珠贯断落寒玉",还是从听觉联系到听觉,把声音比方声音。白居易《小童薛阳陶吹觱栗歌》"有时婉软无筋骨,有时顿挫生棱节。急声圆转促不断,栗栗辚辚如珠贯。缓声展引长有条,有条直直如笔描。下声乍坠石沉重,高声忽举云飘萧",这才是"心想形状",《乐记》的"上如抗,下如队,端如贯珠"都有了。元稹《元氏长庆集》卷二七《善歌如贯珠赋》详细阐发《乐记》那一句:"美绵绵而不绝,状累累以相成。……吟断章而离离若间,引妙啭而一一皆圆。小大虽伦,离朱视之而不见;唱和相续,师乙美之而谓连。……仿佛成像,玲珑构虚。……清而且圆,直而不散,方同累丸之重叠,岂比沉泉之撩乱。……似是而非,赋《湛露》则方惊缀冕;有声无实,歌《芳树》而空想垂珠。"元稹从"累累贯珠"联想到《诗·小雅》的"湛湛露斯",思路就像李贺《恼公》的"歌声春草露,门掩杏花丛"。歌如珠,露如珠(例如唐太宗《圣教序》"仙露明珠,讵能方其朗润";白居易《暮江吟》:"可怜九月初三夜,露似真珠月似弓"),两者都是套语陈言,李贺化腐为奇,来一下推移(transference):"歌如珠,露如珠,所以歌如露。"逻辑思维所避忌的推移法,恰是形象思维惯用的手段⑧。李颀《听董大弹胡笳》:"空山百鸟散还合,万里浮云阴且晴",也是"心想形状如此";"鸟散还合"正像马融《长笛赋》所谓"鸿引复回"。《乐记》:"上如抗,下如坠",就是韩愈《听颖师弹琴》:"浮云柳絮无根蒂,天地阔远随飞扬。……跻攀分寸不可上,失势一落千丈强。""抗、坠"的最好描写是《老残游记》第二回王小玉说鼓书那一段:"渐渐的越唱越高,忽然拔了一个尖儿,像一线钢丝似的,抛入天际。……那知他于那极高的地方,尚能回环曲折。……恍如由傲来峰西面,攀登太山的景象,……及至翻傲来峰顶,才见扇子崖更在傲来峰上,及至翻到扇子崖,又见南天门更在扇子崖上,愈翻愈险。……唱到极高的三四叠后,陡然一落,……如一条飞蛇在黄山三十六峰半中腰里盘旋穿插。……愈唱愈低,愈低愈细。……仿佛有一点声音从地底下发出,……忽又扬起,像放那东洋烟火,一个弹子上天,随化作千百道五色火光,纵横散乱……"⑨这样笔歌墨舞也不外"听声类形"四字的原理罢了。

好些描写通感的词句都直接采用了日常生活里表达这种经验的习惯语言。像白居易《和皇甫郎中秋晓同登天宫阁》:"清脆秋丝管"(参看《霓裳羽衣歌》:"清丝脆管纤纤手"),贾岛《客思》:"促织声尖尖似针",或丁谓《公舍春日》:"莺声圆滑堪清耳","脆"、"尖"、"圆"三字形容声音,就根据日常语言而来。《儿女英雄传》第四回:"唱得好的叫小良人儿,那个嗓子真是掉在地下摔三截儿!"正是穷形极致地刻划声音的"脆"。王维《过青溪水作》:"色静深松里",或刘长卿《秋日登吴公台上寺远眺》:"寒磬满空林"和杜牧《阿房宫赋》:"歌台暖响",把听觉上的"静"字来描写深净的水色,温度感觉上的"寒"、"暖"字来描写清远的磬声和喧繁的乐声,也和通常语言接近,"暖响"不过是"热闹"的文言。诗人对事物往往突破了一般经验的感受,有深细的体会,因此推敲出新奇的词句。再补充一些例子。

陆机《拟西北有高楼》:"佳人抚琴瑟,纤手清且闲;芳气随风结,哀响馥若兰。"庾肩吾《八关斋夜赋四城门第一赋韵》:"已同白驹去,复类红花热。"韦应物《游开元精舍》:"绿阴生昼静,孤花表春馀。"孟郊《秋怀》之一二:"商气洗声瘦,晚阴驱景劳。"李贺《胡蝶飞》:"杨花扑帐春云热,龟甲屏风醉眼缬";《天上谣》:"天河夜转漂回星,银浦流云学水声。"刘驾《秋夕》:"促织灯下吟,灯光冷于水。"司空图《寄永嘉崔道融》:"戍鼓和潮暗,船灯照岛幽。"唐庚《眉山文集》卷二一《书斋即事》:"竹色笑语绿,松风意思凉。"杨万里《诚斋集》卷三《又和二绝句》:"剪剪轻风未是轻,犹吹花片作红声";卷一七《过单竹洋径》:"乔木与修竹,相招为茂林。无风生翠寒,未夕起素阴。"王灼《虞美人》:"枝头便觉层层好,信是花相恼。舣船一醉百分空,挤了如今醉倒闹香中。"(《全宋词》一○三四页;参看《全金诗》卷二七庞铸《花下》:"若为常作庄周梦,飞向幽芳闹处栖")吴潜《满江红》:"数本菊,香能劲;数朵桂,香尤胜。"(《全宋词》二七二六页)方岳《烛影摇红·立春日柬高内翰》:"笑语谁家帘幕,镂冰丝红纷绿闹。"(《全宋词》二八四八页)《永乐大典》卷三五七九《村》字引《冯太师集·黄沙村》:"残照背人山影黑,干风随马竹声焦";卷五三四五《潮》字引林东美《西湖亭》:"避人幽鸟声如剪,隔岸奇花色欲燃。"(参看庾信《奉和赵王〈隐士〉》:"野鸟繁弦啭,山花焰火然",又前引方中通所举"红叶烧人眼";《全宋词》二四〇六页卢祖皋《清平乐》:"柳边深院,燕语明如剪")阮大铖《咏怀堂诗》外集《辛巳诗》卷上《张兆苏移酌根遂宅》之一:"香声喧橘柚,星气满蒿莱。"⑩李世熊《寒支初集》卷一《剑浦陆发次林守一》:"月凉梦破鸡声白,枫霁烟醒鸟话红。"严遂成《海珊诗钞》卷五《满城道中》:"风随柳转声皆绿,麦受尘欺色易黄。"黄景仁《两当轩全集》卷一九《醉花阴·夏夜》:"隔竹卷珠帘,几个明星切切如私语。"(参看吴清鹏《笏庵诗》卷四《秋夜》第三首:"明河亘若流,众星聚如语。")黎简《五百四峰草堂诗钞》卷一八《春游寄正夫》:"鸟抛软语丸丸落,雨翼新风泛泛凉。"(参看前引元稹:"同累丸之重叠。")

按逻辑思维,五官各有所司,不兼差也不越职,像《荀子·君道篇》所谓:"人之百事,如耳、目、鼻、口之不可以相借官也。"《公孙龙子·坚白论》说得更具体:"视不得其所坚,而得其所白者,无坚也。拊不得其所白,而得其所坚者,无白也。……目不能坚,手不能白。"一句话,触觉和视觉是河水不犯井水的。陆机《演连珠》第三七则明明宣称:"臣闻目无尝音之察,耳无照景之神。"《文选》卷五五刘峻注:"施之异务。"然而他自己却写"哀响馥若兰",又俨然表示:"鼻有尝音之察,耳有嗅息之神。""异务"可成"借官",同时也表示一个人作诗和说理不妨自相矛盾,"诗词中有理外之理"。声音不但会有气味——"哀响馥"、"鸟声香",而且会有颜色、光亮——"红声"、"笑语绿"、"鸡声白"、"鸟话红"、"声皆绿"、"鼓[声]暗"。"香"不但能"闹",而且能"劲"。流云"学声",绿阴"生静"。花色和竹声都可以有温度:"热"、"欲燃"、"焦"。鸟语有时快利如"剪",有时圆润如"丸"。五官感觉真算得有无相通、彼此相生了。只要把"镂冰丝红纷绿闹"对照"裁红晕碧,巧助春情"(欧阳詹《欧阳先生文集》卷一《春盘赋》题下注韵脚),或把"小星闹若沸"、"明星切切如私语"对照"星如撒沙出,争头事光大"(卢仝《月蚀诗》),立刻看出尽管事物的景象是相类的,而描写的方法很有差别。一个不"施之异务",只写视觉本范围里的印象;一个"相借官",写视觉不安本分,超越了自己的范围而领略到听觉里的印象。现代读者可能把孟郊的"商气洗声瘦"当作"郊寒岛瘦"特殊风格的例子,而古人一般熟悉经、子,会看出这句里戛戛独造的是"洗"字,不是"瘦"字。声音有肥有瘦,是儒家音乐理论的传统区别。《礼记·乐记》:"肉好顺成和动之音作。"郑玄注:"'肉',肥也。"又:"曲直繁瘠,廉肉节奏。"孔颖达疏:"'瘠'谓省约。……'肉'谓肥满。"《荀子·乐论篇》里有大同小异的话。《乐记》另一处:"广则容奸,狭则思欲",郑玄注:"'广'谓声缓,'狭'谓声急。""广"、"狭"和"肥"、"瘠"都是"听声类形"的古例。

通感很早在西洋诗文里出现。奇怪的是,亚理士多德的《心灵论》里虽提到通感,而他的《修辞学》里却只字不谈。古希腊诗人和戏剧家的这类词句不算少⑪,例如荷马那句使一切翻译者搔首搁笔的诗:"像知了坐在森林中一棵树上,倾泻下百合花也似的声音。"(Like unto cicalas that in a forest sit upon a tree and pour forth their lily-like voice) ⑫十六、七世纪欧洲的"奇崛

(Baroque)诗派"爱用"五官感觉交换的杂拌比喻"(certi impasti di metafore nello scambio dei cinque sensi)⑬。十九世纪前期浪漫主义诗人也经常采用这种手法,而十九世纪末叶象征主义诗人大用特用,滥用乱用,几乎使通感成为象征派诗歌的风格标志(der Stilzug, den wir Synaesthese nennen, und der typisch ist für den Symbolismus)⑭。英美现代派的一个开创者庞特鉴于流弊,警戒写诗的人别偷懒,用字得力求精确(find the exact word),切忌把感觉搅成混乱一团,用一个官能来表达另一个官能(Don't mess up the perception of one sense by trying to define it in terms of another);然而他也声明,这并非一笔抹煞(To this clause there are possibly exceptions)⑮。像约翰·唐恩的诗:"一阵响亮的香味迎着你父亲的鼻子叫唤"(A loud perfume...cryed/even at thy father's nose)⑯,就仿佛我们诗人的"闹香"、"香声喧"、"幽芳闹";称浓烈的香味为"响亮",和现代英语称缺乏味道、气息的酒为"静默"(silent),配得上对。帕斯科里的名句:"碧空里一簇星星喷喷喳喳像小鸡儿似的走动"(La Chioccetta per l'aia azzurra/va col suo pigoliò di stelle)⑰,和我们诗人的"小星闹若沸"、"几个明星切切如私语"也差不多了。

十八世纪的神秘主义者圣马丁(Saint-Martin)说自己曾"听见发声的花朵,看见发光的音调"(I heard flowers that sounded and saw notes that shone)⑱。象征主义为通感手法提供深奥的理论根据,也宣扬神秘经验里嗅觉能听、触觉能看等等(l'odorat entend, le toucher voit)⑲。把各种感觉打成一片、混作一团的神秘经验,我们的道家和佛家常讲㉑。道家像《庄子·人间世》:"夫徇[同'洵']耳目内通,而外于心知";《列子·黄帝篇》"眼如耳,耳如鼻,鼻如口,无不同也,心凝形释",又《仲尼篇》:"老聃之弟子有亢仓子者,得聃之道,能以耳视而以目听。"佛书《成唯识论》卷四:"如诸佛等,于境自在,诸根互用。""诸佛"能"诸根互用",等于"老聃"能"耳视目听"。从文人中最流行的佛经和禅宗语录各举一例。《大佛顶首楞严经》卷四之五:"由是六根,互相为用。阿难,汝岂不知,今此会中,阿那律陀无目而见,跋难陀龙无耳而听,殑伽神女非鼻闻香,骄梵钵提异舌知味,舜若多神无身觉触。"释晓莹《罗湖野录》卷一《空空道人死心禅师赞》:"耳中见色,眼里闻声。"唐初释玄奘早驳"观世音菩萨"是个"讹误"译名(《大唐西域记》卷三"石窣堵波西渡大河"条小注),可是后世沿用不改,和尚以及文人们还曲解"讹误",望文生义,用通感来弥缝。释惠洪《石门文字禅》卷一八《泗州院楠檀白衣观音赞》:"龙无耳闻以神,蛇亦无耳闻以眼,牛无耳故闻以鼻,蝼蚁无耳闻以身,六根互用乃如此!"尤侗《西堂外集·艮斋续说》卷一〇:"予有赞云:'音从闻入,而作观观;耳目互治,以度众难。'"许善长《碧声吟馆谈麈》卷二:"'音'亦可'观',方信聪明无二用。"和尚做诗,当然信手拈来本店祖传的货色。例如今释澹归《遍行堂集》卷一三《南韶杂诗》之二三:"两地发鼓钟,子夜挟一我。眼声才欲合,耳色忽已破。"又如释苍雪《南来堂诗集》卷四《杂树林百八首》之五八:"月下听寒钟,钟边望明月。是月和钟声,是钟和月色?"明、清诗人也往往拾取释、道的余绪,作出

"诸根互用"的词句。张羽《静居集》卷一《听香亭》:"人皆待三嗅,余独爱以耳";李慈铭《白华绛跗阁诗》卷巳《叔云为余画湖南山桃花小景》:"山气花香无著处,今朝来向画中听";郭麐《灵芬馆杂著》续编卷三有一篇《听香图记》;这些就是"非鼻闻香"。钟惺《隐秀轩诗》黄集二《夜》:"戏拈生灭后,静阅寂喧音",这就是"耳视","音亦可观",只因平仄声关系,改"观"字为"阅"字。阮大铖《咏怀堂诗集》卷三《秋夕平等庵》:"视听一归月,幽喧莫辨心";王贞仪《德风亭初集》卷三有一篇《听月亭记》;这又是"耳目内通","目听"了。

庞特对混乱感觉的词句深有戒心,但他看到日文(就是汉文)"闻"字从"耳",就自作主张,混鼻子于耳朵,把"闻香"解为"听香"(listening to incense),而大加赞赏。近来一位学者驳斥了他的穿凿附会,指出"闻香"的"闻"字正是鼻子的嗅觉㉑。清代文字学家阮元《揅经室一集》卷一《释磬》早说:"古人鼻之所得、耳之所得,皆可借声闻以概之。"㉒我们不能责望庞特懂得中国的"小学",但是他大可不必付出了误解日语(也就是汉语)的代价,到远东来钩新摘异,香如有声、鼻可代耳等等在西洋语言文学里自有现成传统。不过,他那个误解也不失为所谓"好运气的错误"(a happy mistake),因为"听香"这个词儿碰巧在中国诗文里少说也有六百多年来历,而现代口语常把嗅觉不灵敏称为鼻子是"聋"的。英国诗人布莱克(William Blake)曾把"眼瞎的手"(blind hand)来形容木钝的触觉,这和"耳聋"的鼻子真是天生巧对了。㉓

注

① 参看布松纽（C. Bousoño）《诗歌语言的理论》（*Teoria de la expresion poética*）第 6 版（1976）第 1 册 240—242 页关于"叫吵的颜色"那个词语的阐释（"Colores chillones" es concretamente una sinestesia etc.）。

② 参看《管锥编》（三）375—377 页。

③ 笛卡儿（Descartes）《答第二难》（*Réponses aux secondes objections*），《著作与书信》（*Oeuvres et lettres*），《七星丛书》本 372 页。

④ 培根（Bacon）《学术的进展》（*Advancement of Learning*）第 2 卷 5 章，《人人丛书》（*Everyman's Lib.*）本 87 页。

⑤ 《心灵论》（*De Anima*）第 2 卷 3 章，《罗勃（Loeb）古典丛书》本 115 页。

⑥ 布吕诺（C. Bruneau）《法语小史》（*Petite histoire de la langue française*）第 2 册 198 页引。

⑦ 贝利（F. Perri）语，普罗文札尔（D. Provenzal）《形象词典》（*Dizionario delle immagini*）23 页引；参看同书 138 页（D'Annunzio）、746 页（Gentucca）、944 页（Mazzoni, Paolieri）相类的引语。

⑧ 《吕氏春秋·察传》早说："故狗似玃，玃似母猴，母猴似人，人之与狗则远矣！"参看《墨子·小取》论"推"，刘昼《刘子·审名》；又罗斯达尼（A. Rostagni）《亚理士多德〈诗学〉：导言·本文·诠释》（*Poeica: introduzione testo e commento*）2 版《导言》78—79 页论"科学的三段论"（sillogismo scientifico）和文学的"想像和感性简化二段论"（entimema immaginativo e sensitivo）。

⑨ 《老残游记》第二回还提到一个"湖南口音"的"少年人"赞叹王小玉说书，"旁边人"听了说道："梦湘先生论得透辟极了！"那个湖南人是武陵王以慗，他的《檗坞诗存》卷七《济城篇》就叙述王小玉鼓书的事，但并无"听声类形"的描摹。

⑩ 参看《管锥编》（三）370—372 页。

⑪ 详见斯丹福特（W. B. Stanford）《希腊比喻》（*Greek Metaphor*）47—62 页。

⑫ 《伊里亚特》第 3 卷 152 行，《罗勃（Loeb）古典丛书》本第 1 册 129 页。圣佩韦在论述古今优劣的论争那篇长文里，为荷马的这个比喻举出很巧妙的类例（"Hippolytte Rigault", Causeries du landi, vol. XIII, pp. 168–9）。参看古希腊《哲学家列传》称赞柏拉图谈话"声音甜美"（a sweet-voiced speaker），像"知了倾泻出的百合花般娇嫩的音调"（as the cicala who pours forth a strain as delicate as a lily-diogenes Laertes, *Lives of Philosophers*, III. vii, Loeb, vol. I, p. 273)。古希腊人对"蝉吟"、"蝉噪"似乎别有赏心,拉丁诗人却正如加尔杜齐(G. Carducci)所说,憎厌辱骂知了(i poeti di razza latina odiino e oltraggino tanto le cicale)。

⑬　费莱罗(G. G. Ferrero)选注《马利诺及其同派诗选》(*Marino e i Maristi*)《导言》12 页引弗洛拉(F. Flora)语。

⑭　凯塞(W. Kayser)《欧洲的象征主义》,见《旅行讲学集》(*Die Vortragsreise*)301 页。

⑮　庞特(Ezra Pound)《回顾》(*Retrospect*),见《舞曲与分门》(*Pavannes and Divisions*),诺普夫(A. Knopf, 1918)版 101 页。

⑯　约翰·唐恩(John Donne)《香味》(*The Perfume*),《诗集》牛津版 76 页。

⑰　帕斯科里(G. Pascoli)《夜里的素馨花》(*Il Gelosomino notturno*),《全集》蒙达多利(Mondadori)版 1058 页。意大利诗文里常用"闹哄哄"一类字眼(rumore, ronzio)形容繁星,参看《形象词典》875 页(Greppi)、876 页(Moscardelli)、879 页(Ceccardi)。

⑱　恩德希尔(E. Underhill)《神秘主义》(*Mysticism*)12 版 7 页引。

⑲　参看谢里斯(R. B. Chérix)《波德莱亚〈恶之花〉诠释》(*Commentaire des "Fleurs du mal"*)31—36 页,又注①所引布松纽书第 1 册 361 页起对神秘宗大诗人(San Juan de la Cruz)的语言的分析。

⑳　参看《管锥编》(二)136—140 页。

㉑　迈纳(E. Miner)《英美文学里的日本传统》(*The Japanese Tradition in British and American Literature*)134 页。

㉒　参看《管锥编》(三)370—371 页。

㉓　参看莎士比亚悲剧里盲人说:"假如我能用触觉瞧见你"(see thee in my touch—*King Lear*, IV. i);胡安·伊奈士修女(Sor Juan Inés de la Cruz)诗里说她"把两眼安置在双手里"(tengo en entrambas manos ambos ojos—"Verde embeleso de la vida humana", F. J. Warnke, *European Metaphysical Poetry*, 1961, p. 274);歌德诗里说情人用"能瞧见的手抚摸",蜗牛具有"触摸的视觉"(fühle mit sehender Hand—*Römische Elegien*, v; mit ihrem tastenden Gesicht—*Faust* I, "Walpurgisnacht", *Werke*, Hamburger Ausgabe, Bd I, S. 160, Bd, III, S. 127);里尔克(R. M. Rilke)诗里的盲女自说"用手去触摸白玫瑰的气息"(und fühlte: nah bei meinem Handen ging/der Atem einer grossen weissen Rose—"Die Blinde", *Werke*, Insel Verlag, 1957, Bd. I, S. 152)。法国成语"手指尖上生着眼睛"(avoir des yeux au bout des doigts),也就是形容触觉敏锐。

林纾的翻译

汉代文字学者许慎有一节关于翻译的训诂，义蕴颇为丰富。《说文解字》卷十二《囗》部第二十六字："囮，译也。从'囗'，'化'声。率鸟者系生鸟以来之，名曰'囮'，读若'讹'。"南唐以来，小学家都申说"译"就是"传四夷及鸟兽之语"，好比"鸟媒"对"禽鸟"的引"诱"，"讹"、"讹"、"化"和"囮"是同一个字①。"译"、"诱"、"媒"、"讹"、"化"这些一脉通连、彼此呼应的意义，组成了研究诗歌语言的人所谓"虚涵数意"（polysemy, manifold meaning）②，把翻译能起的作用（"诱"）、难于避免的毛病（"讹"）、所向往的最高境界（"化"），仿佛一一透示出来了。文学翻译的最高理想可以说是"化"。把作品从一国文字转变成另一国文字，既能不因语文习惯的差异而露出生硬牵强的痕迹，又能完全保存原作的风味，那就算得入于"化境"。十七世纪一个英国人赞美这种造诣高的翻译，比为原作的"投胎转世"（the transmigration of souls），躯体换了一个，而精魂依然故我③。换句话说，译本对原作应该忠实得以至于读起来不像译本，因为作品在原文里决不会读起来像翻译出的东西。因此，意大利一位大诗人认为好翻译应备的条件看来是彼此不相容乃至相矛盾的（paiono discordanti e incompatibili e contradittorie）：译者得矫揉造作（ora il traduttore necessariamente affetta），对原文亦步亦趋，以求曲肖原著者的天然本来（inaffettato, naturale o spontaneo）的风格④。一国文字和另一国文字之间必然有距离，译者的理解和文风跟原作品的内容和形式之间也不会没有距离，而且译者的体会和自己的表达能力之间还时常有距离。就文体或风格而论，也许会有希莱尔马诃区分的两种翻译法，譬如说：一种尽量"欧化"，尽可能让外国作家安居不动，而引导我国读者走向他们那里去，另一种尽量"汉化"，尽可能让我国读者安居不动，而引导外国作家走向咱们这儿来（Entweder der Uebersetzer lässt den Schriftsteller möglichst in Ruhe und bewegt den Leser ihm entgegen, oder er lässt den Leser möglichst in Ruhe und bewegt den Schriftsteller ihm entgegen）⑤。然而"欧化"也好，"汉化"也好，翻译总是以原作的那一国语文为出发点而以译成的这一国语文为到达点⑥。从最初出发以至终竟到达，这是很艰辛的历程。一路上颠顿风尘，遭遇风险，不免有所遗失或受些损伤。因此，译文总有失真和走样的地方，在意义或口吻上违背或不很贴合原文。那就是"讹"，西洋谚语所谓"翻译者即反逆者"（Traduttore traditore）。中国古人也说翻译的"翻"等于把绣花纺织品的正面翻过去的"翻"，展开了它的反面："翻也者，如翻锦绮，背面皆花，但其花有左右不同耳。"（释赞宁《高僧传三集》卷三《译经篇·论》）这个比喻使我们想起堂·吉诃德说阅读译本就像从反面来看花毯(es como quien mira los tapices flamencos por el revés)⑦。"媒"和"诱"当然说明了翻译在文化交流里所起的作用。它是个居间者或联络员,介绍大家去认识外国作品,引诱大家去爱好外国作品,仿佛做媒似的,使国与国之间缔结了"文学因缘"⑧,缔结了国与国之间惟一的较少反目、吵嘴、分手挥拳等危险的"因缘"。

彻底和全部的"化"是不可实现的理想,某些方面、某种程度的"讹"又是不能避免的毛病,于是"媒"或"诱"产生了新的意义。翻译本来是要省人家的事,免得他们去学外文、读原作,却一变而为导诱一些人去学外文、读原作。它挑动了有些人的好奇心,惹得他们对原作无限向往,仿佛让他们尝到一点儿味道,引起了胃口,可是没有解馋过瘾。他们总觉得读翻译像隔雾赏花,不比读原作那么情景真切。歌德就有过这种看法;他很不礼貌地比翻译家为下流的职业媒人(Uebersetzer sind als geschäftige Kuppler anzusehen)——中国旧名"牵马",因为他们把原作半露半遮(eine halbverschleierte Schöne),使读者心痒神驰,想像它不知多少美丽⑨。要证实那个想像,要揭去那层遮遮掩掩的面纱,以求看个饱、看个着实,就得设法去读原作。这样说来,好译本的作用是消灭自己;它把我们向原作过渡,而我们读到了原作,马上掷开了译本。自负好手的译者恰恰产生了失手自杀的译本,他满以为读了他的译本就无需去读原作,但是一般人能够欣赏货真价实的原作以后,常常薄情地抛弃了翻译家辛勤制造的代用品。倒是坏翻译会发生一种消灭原作的功效。拙劣晦涩的译文无形中替作者拒绝读者;他对译本看不下去,就连原作也不想看了。这类翻译不是居间,而是离间,摧毁了读者进一步和原作直接联系的可能性,扫尽读者的兴趣,同时也破坏原作的名誉。十七世纪法国的德·马罗勒神父(l'abbé de Marolles)就是一个经典的例证。他所译古罗马诗人《马夏尔的讽刺小诗集》(*Epigrams of Martial*)被时人称为《讽刺马夏尔的小诗集》(*Epigrams against Martial*)⑩;和他相识的作者说,这位神父的翻译简直是法国语文遭受的一个灾难(un de ces maux dont notre langue est affligée),他发愿把古罗马诗家统统译出来,桓吉尔、霍拉斯等人都没有蒙他开恩饶命(n'ayant pardonné),奥维德、太伦斯等人早晚会断送在他的毒手里(assassinés)⑪。不用说,马罗勒对他的翻译成绩还是沾沾自喜、津津乐道的⑫。我们从亲身阅历里,找得到好多和这位神父可以作伴的人。

林纾的翻译所起"媒"的作用,已经是文学史公认的事实⑬。他对若干读者,也一定有过歌德所说的"媒"的影响,引导他们去跟原作发生直接关系。我自己就是读了林译而增加学习外国语文的兴趣的。商务印书馆发行的那两小箱《林译小说丛书》是我十一二岁时的大发现,带领我进了一个新天地,一个在《水浒》、《西游记》、《聊斋志异》以外另辟的世界。我事先也看过梁启超译的《十五小豪杰》、周桂笙译的侦探小说等,都觉得沉闷乏味⑭。接触了林译,我才知道西洋小说会那么迷人。我把林译哈葛德、迭更司、欧文、司各德、斯威佛特的作品反复不厌地阅览。假如我当时学习英语有什么自己意识到的动机,其中之一就是有一天能够痛痛快快地读遍哈葛德以及旁人的探险小说。四十年前⑮,在我故乡那个县城里,小孩子既无野兽片电影可看,又无动物园可逛,只能见到"走江湖"的人耍猴儿把戏或者牵一头疥骆驼卖药。后来孩子们看野兽片、逛动物园所获得的娱乐,我只能向冒险小说里去找寻。我清楚记得这一回事。哈葛德《三千年艳尸记》第五章结尾刻意描写鳄鱼和狮子的搏斗;对小孩子说来,那是一个惊心动魄的场面,紧张得使他眼瞪口开、气儿也不敢透的。林纾译文的下半段是这样:

> 然狮之后爪已及鳄鱼之颈,如人之脱手套,力拔而出之。少顷,狮首俯鳄鱼之身作异声,而鳄鱼亦侧其齿,尚陷入狮股,狮腹为鳄所咬亦几裂。如是战斗,为余生平所未睹者。[照原句读,加新式标点]

狮子抓住鳄鱼的脖子,决不会整个爪子像陷进烂泥似的,为什么"如人之脱手套"?鳄鱼的牙齿既然"陷入狮股",物理和生理上都不可能去"咬狮腹"。我无论如何想不明白,家里的大人也解答不来。而且这场恶狠狠的打架怎样了局?谁输谁赢,还是同归于尽?鳄鱼和狮子的死活,比起男女主角的悲欢,是我更关怀的问题。书里并未明白交代,我真心痒难搔,恨不能知道原文是否照样糊涂了事⑯。我开始能读原文,总先找林纾译过的小说来读。我渐渐听到和看到学者名流对林译的轻蔑和嗤笑,未免世态逐炎凉,就不再而也不屑再去看它,毫无恋惜地过河拔桥了!

最近,偶尔翻开一本林译小说,出于意外,它居然还有些吸引力。我不但把它看完,并且接二连三,重温了大部分的林译,发现许多都值得重读,尽管漏译误译触处皆是。我试找同一作品的后出的——无疑也是比较"忠实"的——译本来读,譬如孟德斯鸠和迭更司的小说,就觉得宁可读原文。这是一个颇耐玩味的事实。当然,一个人能读原文以后,再来看错误的译本,有时不失为一种消遣,还可以方便地增长自我优越的快感。一位文学史家曾说,译本愈糟糕愈有趣:我们对照着原本,看翻译者如何异想天开,把胡猜乱测来填补理解上的空白,无中生有,指鹿为马,简直像"超现实主义"诗人的作风⑰。但是,我对林译的兴味,绝非想找些岔子,以资笑柄谈助,而林纾译本里不忠实或"讹"的地方也并不完全由于他的助手们外语程度低浅、不够了解原文。举一两个例来说明。

《滑稽外史》第一七章写时装店里女店员领班那格女士听见顾客说她是"老妪",险些气破肚子,回到缝纫室里,披头散发,大吵大闹,把满腔妒愤都发泄在年轻貌美的加德身上,她手下一伙女孩子也附和着。林纾译文里有下面一节:

> 那格……始笑而终哭,哭声似带讴歌。曰:"嗟乎!吾来十五年,楼中咸谓我如名花之鲜妍。"——歌时,顿其左足,曰:"嗟夫天!"又顿其右足,曰:"嗟夫天!十五年中未被人轻贱。竟有骚狐奔我前,辱我令我肝肠颤!"

这真是带唱带做的小丑戏,逗得读者都会发笑。我们忙翻开迭更司原书(第一八章)来看,颇为失望。略仿林纾的笔调译出来,大致如此:

> 那格女士先狂笑而后嘤然以泣,为状至辛楚动人。疾呼曰:"十五年来,吾为此楼上下增光匪少。邀天之祐。"——言及此,力顿其左足,复力顿其右足,顿且言曰:"吾未尝一日遭辱。胡意今日为此婢所卖!其用心诡鄙极矣!其行事实玷吾侪,知礼义者无勿耻之。吾憎之贱之,然而吾心伤矣!吾心滋伤矣!"

那段"似带讴歌"的顺口溜是林纾对原文的加工改造,绝不会由于助手的误解或曲解。他一定觉得迭更司的描写还不够淋漓尽致,所以浓浓地渲染一下,增添了人物和情景的可笑。写作我国近代文学史的学者一般都未必读过迭更司原著,然而不犹豫地承认林纾颇能表达迭更司的风趣。但从这个例子看来,林纾往往捐助自己的"谐谑",为迭更司的幽默加油加酱⑱。再从《滑稽外史》举一例,见于第三三章(迭更司原书第三四章):

> 司圭尔先生……顾老而夫曰:"此为吾子小瓦克福。……君但观其肥硕,至于莫能容其衣。其肥乃日甚,至于衣缝裂而铜钮断。"乃按其子之首,处处以指戟其身,曰:"此肉也。"又戟之曰:"此亦肉,肉韧而坚。今吾试引其皮,乃附肉不能起。"方司圭尔引皮时,而小瓦克福已大哭,摩其肌曰:"翁乃苦我!"司圭尔先生曰:"彼尚未饱。若饱食者,则力聚而气张,虽有瓦屋,乃不能闷其身。……君试观其泪中乃有牛羊之脂,由食足也。"

这一节的译笔也很生动。不过,迭更司只写司圭尔"处处戟其身",只写他说那胖小子吃饱了午饭,屋子就关不上门,只写他说儿子的眼泪有"油脂性"(oiliness);什么"按其子之首"、"力聚而气张"、"牛羊之脂,由食足也"等等都出于林纾的锦上添花。更值得注意的是,迭更司笔下的小瓦克福只"大哭摩肌",一句话没有说。"翁乃苦我"那句怨言是林纾凭空穿插进去的,添个波折,使场面平衡;否则司圭尔一个人滔滔独白,说得热闹,儿子仿佛哑口畜生,他这一边太冷落了。换句话说,林纾认为原文美中不足,这里补充一下,那里润饰一下,因而语言更具体,情景更活泼,整个描述笔酣墨饱。不由我们不联想起他崇拜的司马迁《史记》里对过去记述的润色或增饰⑲。林纾写过不少小说,并且要采取用"西人哈葛德"和"迭更先生"的笔法来写小说⑳。他在翻译时,碰到他认为是原作的弱笔或败笔,不免手痒难熬,抢过作者的笔代他去写。从翻译的角度判断,这当然也是"讹"。即使添改得很好,毕竟变换了本来面目,何况添改未必一一妥当。方才引的一节算是改得不差的,上面那格女士带哭带唱的一节就有问题。那格确是一个丑角,这场哭吵也确有装模作样的成分。但是,假如她有腔无调地"讴歌"起来,那显然是在做戏,表示她的哭泣压根儿是假的,她就制造不成紧张局面了,她的同伙和她的对头不会严肃对待她的发脾气了,不仅我们读着要笑,那些人当场也忍不住笑了。李贽评点《琵琶记》第八折《考试》批语:"太戏!不像!""戏则戏矣,倒须似真,若真反不妨似戏也。"㉑林纾的改笔过火得仿佛插科打诨,正所谓"太戏!不像!"了。

大家一向都知道林译删节原作,似乎没人注意它有时也像上面所说的增补原作。这类增补,在比较用心的前期林译里,尤

其在迭更司和欧文作品的译本里,出现得很多。或则加一个比喻,使描叙愈有风趣,例如《拊掌录·睡洞》:

> 而笨者读不上口,先生则以夏楚助之,使力跃字沟而过。

原文只仿佛杜甫《漫成》诗所说"读书难字过",并无"力跃字沟"这个新奇的形象。或则引申几句议论,使意义更显豁,例如《贼史》第二章:

> 凡遇无名而死之儿,医生则曰:"吾剖腹视之,其中殊无物。"外史氏曰:"儿之死,正以腹中无物耳!有物又焉能死?"

"外史氏曰"云云在原文是括弧里的附属短句,译成文言只等于:"此语殆非妄。"作为翻译,这种增补是不足为训的,但从修辞学或文章作法的观点来说,它常常可以启发心思。林纾反复说外国小说"处处均得古文文法","天下文人之脑力,虽欧亚之隔,亦未有不同者",又把《左传》、《史记》等和迭更司、森彼得的叙事来比拟②,并不是空口说大话。他确按照他的了解,在译文里有节制地掺进评点家所谓"顿荡"、"波澜"、"画龙点睛"、"颊上添毫"之笔,使作品更符合"古文义法"③。一个能写作或自信能写作的人从事文学翻译,难保不像林纾那样的手痒;他根据个人的写作标准和企图,要充当原作者的"诤友",自信有点铁成金、以石攻玉或移橘为枳的义务和权利,把翻译变成借体寄生的、东鳞西爪的写作。在各国翻译史里,尤其在早期,都找得着可和林纾作伴的人。像他的朋友严复的划时代译本《天演论》就把"元书所称西方"古书、古事"改为中国人语","用为主文谲谏之资";当代法国诗人瓦勒利也坦白承认在翻译桓吉尔《牧歌》时,往往心痒痒地想修改原作（des envies de changer quelque chose dans le texte vénérable）㉔。正确认识翻译的性质,认真执行翻译的任务,能写作的翻译者就会有克己工夫,抑止不适当的写作冲动,也许还会鄙视林纾的经不起引诱。但是,正像背负着家庭重担和社会责任的成年人偶尔羡慕小孩子的放肆率真,某些翻译家有时会暗恨自己不能像林纾那样大胆放手的,我猜想。

上面所引司圭尔的话"君但观其肥硕,至于莫能容其衣",应该是"至于其衣莫能容"或"至莫能容于其衣"。这类文字上的颠倒讹脱在林译里相当普遍,看来不能一概归咎于排印的疏忽。林纾"译书"的速度是他引以自豪的,也实在是惊人的㉕。不过,他下笔如飞,文不加点,得付出代价。除了造句松懈、用字冗赘而外,字句的脱漏错误无疑是代价的一部分。就像前引《三千年艳尸记》那一节里:"而鳄鱼亦侧其齿,尚陷入狮股"（照原来断句）,也很费解;根据原文推断,大约漏了一个"身"字:"鳄鱼亦侧其身,齿尚陷入狮股。"又像《巴黎茶花女遗事》:"余转觉忿怒马克挪揄之心,逐渐为欢爱之心渐推渐远",赘余的是"逐渐";似乎本来想写"逐渐为欢爱之心愈推愈远",中途变计,而忘掉删除那两个字。至于不很——或很不——利落的句型,例子可以信手拈来:"然马克家日间谈宴,非十余人马克不适"（《茶花女遗事》）;"我所求于兄者,不过求兄加礼此老"（《迦茵小传》第四章）:"吾自思宜作何者,讵即久候于此,因思不如窃马而逃"（《大食故宫余载·记帅府之缚游兵》)。这些不能算是衍文,都属于刘知幾所谓"省字"和"点烦"的范围了(《史通》内篇《叙事》、外篇《点烦》)。排印之误不会没有,但也许由于原稿的字迹潦草。最特出的例是《洪罕女郎传》男主角的姓(Quaritch),全部译本里出现几百次,都作"爪立支";"爪"字准是"瓜"字,草书形近致误。这里不妨摘录民国元年至六年主编《小说月报》的恽树珏先生给我父亲的一封信,信是民国三年十月二十九日写的:"近此公[指林纾]有《哀吹录》四篇,售与敝报。弟以其名足震俗,漫为登录[指《小说月报》第五卷七号]。就中杜撰字不少:'翻筋斗'曰'翻滚斗','炊烟'曰'丝烟'。弟不自量,妄为窜易。以我见侯官文字,此为劣矣!"这几句话不仅写出林纾匆忙草率,连稿子上显著的"杜撰字"或别字都没改正,而且无意中流露出刊物编者对名作家来稿常抱的典型的两面态度。

在"讹"字这个问题上,大家一向对林纾从宽发落,而严厉责备他的助手。林纾自己也早把责任推得干净:"鄙人不审西文,但能笔达;即有讹错,均出不知。"(《西利亚郡主别传·序》)㉖这不等于开脱自己是"不知者无罪"么?假如我上文没有讲错,那末林译的"讹"决不能全怪助手,而"讹"里最具特色的成分正出于林纾本人的明知故犯。也恰恰是这部分的"讹"能起一些抗腐作用,林译因此而可以免于全被淘汰。试看林纾的主要助手魏易单独翻译的迭更司《二城故事》(《庸言》第一卷十三号起连载),它就只有林、魏合作时那种删改的"讹",却没有合作时那种增改的"讹"。林译有些地方,看来助手们不至于"讹错",倒是"笔达"

者"信笔行之",不加思索,没体味出原话里的机锋。《滑稽外史》一四章(原书一五章)里番尼那封信是历来传诵的。林纾把第一句"笔达"如下,没有加上他惯用的密圈来表示欣赏和领会:

先生足下:吾父命我以书与君。医生言吾父股必中断,腕不能书,故命我书之。

无端添进一个"腕"字,真是画蛇添足!对能读原文的人说来,迭更司这里的句法差不多防止了添进"腕"或"手"字的可能性(...the doctors considering it doubtful whether he will ever recover the use of his legs which prevents his holding a pen)。迭更司赏识的盖司吉尔夫人(Mrs. Gaskell)在她的小说里写了相类的话柄:一位老先生代他的妻子写信,说"她的脚脖子扭了筋,拿不起笔"(she being indisposed with sprained ankle, which quite incapacitated her from holding pen)[27]。看来那是一个中西共有的套版笑话。《晋书》卷六八《贺循传》:"及陈敏之乱,诈称诏书,以循为丹杨内史。循辞以脚疾,手不制笔";《太平广记》卷二五〇引《朝野佥载》:"李安期……看判曰:'第书稍弱。'选人对曰:'昨坠马伤足。'安期曰:'损足何废好书!'"林纾从容一些,即使记不得《晋书》的冷门典故,准会想起唐人笔记里的著名诙谐,也许就改译为"股必中断,不能作书"或"足胫难复原,不复能执笔",不但加圈,并且加注了[28]。当然,助手们的外文程度都很平常,事先准备也不一定充分,临时对本口述,又碰上这位应声直书的"笔达"者,不给予迟疑和考虑的间隙。忙中有错,口述者会看错说错,笔达者难保不听错写错;助手们事后显然也没有校核过林纾的稿子。在那些情况下,不犯"讹错"才真是奇迹。不过,苛责林纾助手们的人很容易忽视或忘记翻译这门艺业的特点。我们研究一部文学作品,事实上往往不能够而且不需要一字一句都透彻了解的。对有些字、词、句以至无关重要的章节,我们都可以"不求甚解",一样写得出头头是道的论文,因而挂起某某研究专家的牌子,完全不必声明对某字、某句、某典故、某成语、某节等缺乏了解,以表示自己严肃诚实的学风。翻译可就不同,只仿佛教基本课老师的讲书,而不像大教授们的讲学。原作里没有一个字可以滑过溜过,没有一处困难可以支吾扯淡。一部作品读起来很顺利容易,译起来马上出现料想不到的疑难,而这种疑难并非翻翻字典、问问人就能解决。不能解决而回避,那就是任意删节的"讹";不敢或不肯躲闪而强作解人,那更是胡猜乱测的"讹"。可怜翻译者给扣上"反逆者"的帽子,既制造不来烟幕,掩盖自己的无知和谬误,又常常缺乏足够厚的脸皮,不敢借用博尔赫斯(J. L. Borges)的话反咬一口,说那是原作对译本的不忠实(El original es infiel a la traduccion)[29]。譬如《滑稽外史》原书第三五章说赤利伯尔弟兄是"German-merchants",林译第三四章译为"德国巨商"。我们一般也是那样理解的,除非仔细再想一想。迭更司决不把德国人作为英国社会的救星;同时,在十九世纪描述本国生活的英国小说里,异言异服的外国角色只是笑柄[30],而赤利伯尔的姓氏和举止表示他是道地英国人。那个平常的称谓在这里有一个现代不常用的意义:不指"德国巨商",而指和德国做进出口生意的英国商人㉛。写文章评论《滑稽外史》或介绍迭更司的思想和艺术时，只要不推断他也像卡莱尔那样向往德国，我们的无知谬误大可免于暴露丢脸；翻译《滑稽外史》时，只怕不那么安全了。

所以，林纾助手的许多"讹错"，都还可以原谅。使我诧异的是他们教林纾加添的解释，那一定经过一番调查研究的。举两个我认为最离奇的例。《黑太子南征录》㉜第五章："彼马上呼我为'乌弗黎'（注：法兰西语，犹言'工人'），且作势，令我辟此双扉。我为之启关，彼则曰：'懋尔西（注：系不规则之英语）。'"《孝女耐儿传》第五一章："白拉司曰：'汝大能作雅谑，而又精于动物学，何也？汝殆为第一等之小丑！'英文 Buffoon、滑稽也，Bufon、癞蟆也。"白拉司本称圭而伯为"滑稽"，音吐模糊，遂成"癞蟆"。把"开门"(ouvre)和"工人"(ouvrier)混为一字，不去说它，为什么把也是"法兰西语"的"谢谢"(merci)解释为"不规则之英语"呢？法国一位"动物学"家的姓和法语"小丑"那个字声音相近，雨果的诗里就叶韵打趣过㉝；不知道布封这个人，不足为奇，为什么硬改了他的本姓（Buffon）去牵合拉丁语和意语的"癞蟆"（bufo，bufone），以致法国的"动物学"大家化为罗马的两栖小动物呢？莎士比亚《仲夏夜之梦》第三幕第一景写一个角色遭魔术禁咒，变为驴首人身，他的伙伴惊叫道："天呀！你是经过了翻译了（Thou art translated）！"那句话可以应用在这个例上。

林纾四十四五岁，在逛石鼓山的船上，开始翻译㉞。他不断译书，直到逝世，共译一百七十余种作品，几乎全是小说。传说他也曾被聘翻译基督教《圣经》㉟，那多分是不懂教会事务的小报记者无稽之谈。据我这次不很完全的浏览,他接近三十年的翻译生涯显明地分为两个时期。"癸丑三月"(民国二年)译完的《离恨天》算得前后两期间的界标。在它以前,林译十之七八都很醒目;在它以后,译笔逐渐退步,色彩枯暗,劲头松懈,读来使人厌倦。这并非因为后期林译里缺乏出色的原作。塞万提斯的《魔侠传》和孟德斯鸠的《鱼雁抉微》就出于后期。经过林纾六十岁后没精打采的翻译,它们竟像《鱼雁抉微》里嘲笑的神学著作,仿佛能和安眠药比赛功效㊱。塞万提斯的生气勃勃、浩瀚流走的原文和林纾的死气沉沉、支离纠绕的译文,孟德斯鸠的"神笔"(《鱼雁抉微·序》,见《东方杂志》第一二卷九号)和林纾的钝笔,成为残酷的对照。说也奇怪,同一个哈葛德的作品,后期所译《铁盒头颅》之类,也比前期所译他的任何一部书来得沉闷。袁枚论诗的"老手颓唐"那四个字(《小仓山房诗集》卷二〇《续诗品·辨微》又《随园诗话》卷一),完全可以移评后期林译;一个老手或能手不肯或不复能费心卖力,只依仗积累的一点儿熟练来搪塞敷衍。前期的翻译使我们想像出一个精神饱满而又集中的林纾,兴高采烈,随时随地准备表演一下他的写作技巧。后期翻译所产生的印象是,一个困倦的老人机械地以疲乏的手指驱使着退了锋的秃笔,要达到"一时千言"的指标。他对所译的作品不再欣赏,也不甚感觉兴趣,除非是博取稿费的兴趣。换句话说,这种翻译只是林纾的"造币厂"承应的一项买卖㊲;形式上是把外文作品转变为中文作品,而实质上等于把外国货色转变为中国货币。林译前后期的态度不同,从一点上看得出。他前期的译本大多数有自序或他人序,有跋,有《小引》,有《达旨》,有《例言》,有《译余剩语》,有《短评数则》,有自己和别人所题的诗、词,还有时常附加在译文中的按语和评语。这种种都对原作的意义或艺术作了阐明或赞赏。尽管讲了些迂腐和幼稚的话,流露的态度是庄重的、热烈的。他和他翻译的东西关系亲密,甚至感情冲动得暂停那支落纸如飞的笔,腾出工夫来擦眼泪㊳。在后期译本里,这些点缀品或附属品大大减削。题诗和题词完全绝迹;卷头语例如《孝友镜》的《译余小识》,评语例如《烟火马》第二章里一连串的"可笑"、"可笑极矣"、"令人绝倒"等,也几乎绝无仅有;像《金台春梦录》以北京为背景,涉及中国的风土掌故,竟丝毫不能刺激他发表感想。他不像以前那样亲热、隆重地对待他所译的作品;他的整个态度显得随便,竟可以说是淡漠或冷淡。假如翻译工作是"文学因缘",那末林纾后期的翻译颇像他自己所译的书名"冰雪因缘"了。

林纾是"古文家",他的朋友们恭维他能用"古文"来译外国小说,就像赵熙《怀畏庐叟》:"列国虞初铸马班。"(陈衍《近代诗钞》第一八册)后来的评论者也照例那样说,大可不必,只流露出他们对文学传统不甚了了。这是一个需要澄清的问题。"古文"是中国文学史上的术语,自唐以来,尤其在明清两代,有特殊而狭隘的涵义。并非文言就算得"古文",同时,在某种条件下,"古文"也不一定和白话文对立。

"古文"有两方面。一方面就是林纾在《黑奴吁天录·例言》、《撒克逊劫后英雄略·序》、《块肉余生述·序》里所谓"义法",指

"开场"、"伏脉"、"接笋"、"结穴"、"开阖"等等——一句话,叙述和描写的技巧。从这一点说,白话作品完全可能具备"古文家义法"。明代李开先《词谑》早记载"古文家"像唐顺之、王慎中等把《水浒传》和《史记》比美㊴。林纾同时人李葆恂《义州李氏丛刊》里的《旧学盦笔记》似乎极少被征引过。一条记载"阳湖派"最好的古文家恽敬的曾孙告诉他:"其曾祖子居先生有手写《〈红楼梦〉论文》一书,用黄、朱、墨、绿笔,仿震川评点《史记》之法"㊵;另一条说:"阮文达极赏《儒林外史》,谓:'作者系安徽望族,所记乃其乡里来商于扬而起家者,与土著无干。作者一肚皮愤激,借此发泄,与太史公作谤书,情事相等,故笔力亦十得六七。'倾倒极矣!予谓此书,不惟小说中无此奇文,恐欧、苏后具此笔力者亦少;明之归、唐,国朝之方、姚,皆不及远甚。只看他笔外有笔,无字句处皆文章,褒贬讽刺,俱从太史公《封禅书》得来。"㊶简直就把白话小说和《史记》、八家"古文"看成同类的东西,较量高下,追溯渊源。林纾自己在《块肉余生述·序》、《孝女耐儿传·序》里也把《石头记》、《水浒》和"史、班"相提并论。我上文已指出,他还发现外国小说"处处均得古文文法"。那末,在"义法"方面,外国小说本来就符合"古文",无需林纾转化它为"古文"了。

不过,"古文"还有一个方面——语言。只要看林纾信奉的"桐城派"祖师方苞的教诫,我们就知道"古文"运用语言时受多少清规戒律的束缚。它不但排除了白话,也勾销了大部分的文言:"古文中忌语录中语、魏晋六朝人藻丽俳语、汉赋中板重字法、诗歌中隽语、南北史佻巧语。"㊷后来的桐城派作者更扩大范围,陆续把"注疏"、"尺牍"、"诗话"的腔吻和语言都添列为违禁品㊸。受了这种步步逼进的限制,古文家战战兢兢地循规蹈矩,以求保卫语言的纯洁,消极的、像雪花而不像火焰那样的纯洁㊹。从这方面看,林纾译书的文体不是"古文",至少就不是他自己所谓"古文"。他的译笔违背和破坏了他亲手制定的"古文"规律。譬如袁宏道《记孤山》有这样一句话:"孤山处士妻梅子鹤,是世间第一种便宜人!"林纾《畏庐论文·十六忌》之八《忌轻儇》指摘说:"'便宜人'三字亦可入文耶!"㊺然而我随手一翻,看到《滑稽外史》第二九章明明写着:"惟此三十磅亦巨,乃令彼人占其便宜,至于极地。"又譬如《畏庐论文·拼字法》说:"古文之拼字,与填词之拼字,法同而字异。词眼纤艳,古文则雅炼而庄严耳";举了"愁罗恨绮"为"填词挢字"的例子。然而林译柯南达利的一部小说,恰恰题名《恨绮愁罗记》。更明显地表示态度的是《畏庐论文·十六忌》之一四《忌糅杂》:"糅杂者,杂佛氏之言也。……适译《洪罕女郎传》,遂以《楞严》之旨,掇拾为序言,颇自悔其杂。幸为游戏之作,不留稿。"这节话充分证明了,林纾认为翻译小说和"古文"是截然两回事,"古文"的清规戒律对译书没有任何裁判效力或约束作用。其实方苞早批评明末遗老的"古文"有"杂小说"的毛病,其他古文家也都提出"忌小说"的警告㊻。试想翻译"写生逼肖"的小说而文笔不许"杂小说",那不等于讲话而紧紧咬住自己的舌头吗?所以,林纾并没有用"古文"译小说,而且也不可能用"古文"译小说。

　　林纾译书所用文体是他心目中认为较通俗、较随便、富于弹性的文言。它虽然保留若干"古文"成分,但比"古文"自由得多;在词汇和句法上,规矩不严密,收容量很宽大。因此,"古文"里绝不容许的文言"隽语"、"佻巧语"像"梁上君子"、"五朵云"、"土馒头"、"夜度娘"等形形色色地出现了。白话口语像"小宝贝"、"爸爸"、"天杀之伯林伯"(《冰雪因缘》一五章,"天杀之"即"天杀的")等也纷来笔下了。流行的外来新名词——林纾自己所谓"一见之字里行间便觉不韵"的"东人新名词"㊼——像"普通"、"程度"、"热度"、"幸福"、"社会"、"个人"、"团体"(《玉楼花劫》四章)、"脑筋"、"脑球"、"脑气"、"反动之力"(《滑稽外史》二七章、《块肉余生述》一二章又五二章)、"梦境甜蜜"、"活泼之精神"、"苦力"(《块肉余生述》一一章又三七章)等应有尽有了。还沾染当时以译音代译意的习气,"马丹"、"密司脱"、"安琪儿"、"俱乐部"㊽之类连行接页,甚至毫不必要地来一个"列底(尊闺门之称也)"(《撒克逊劫后英雄略》五章,原文"Lady"),或"此所谓'德武忙'耳(犹华言为朋友尽力也)。"(《巴黎茶花女遗事》,原书一〇章,原文"du dévouement")意想不到的是,译文里有相当特出的"欧化"成分。好些字法、句法简直不像不懂外文的古文家的"笔达",倒像懂得外文而不甚通中文的人的狠翻蛮译。那种生硬的——毋宁说死硬的——翻译构成了双重"反逆",既损坏原作的表达效果,又违背了祖国的语文习惯。林纾笔下居然写出下面的例句!第一类像

　　侍者叩扉曰:"先生密而华德至。"(《迦茵小传》五章)把称呼词"密司脱"译意为"先生",而又死扣住原文里的次序,把

这个词儿位置在姓氏之前㊾。第二类像

> 自念有一丝自主之权,亦断不收伯爵。(《巴黎茶花女遗事》,原书五章)

> 人之识我,恒多谀辞,直敚我耳。(《块肉余生述》一九章)

译"spoils me"为"敚我",译"reçu le comte"为"收伯爵",字面上好像比"使我骄恣"、"接纳伯爵"忠实。不幸这是懒汉、懦夫或笨伯的忠实,结果产生了两句外国中文(pidgintranslatorese),和"他热烈地摇动(shake)我的手"、"箱子里没有多余的房间(room)了"、"这东西太亲爱(cher),我买不起"等话柄,属于同一范畴。第三类像

> 今此谦退之画师,如是居独立之国度,近已数年矣。

(《滑稽外史》一九章)
按照文言的惯例,至少得把"如是"两字移后:"……居独立之国度,如是者已数年矣。"再举一个较长的例:

> 我……思上帝之心,必知我此一副眼泪实由中出,诵经本诸实心,布施由于诚意。且此妇人之死,均余搓其目,着其衣冠,扶之入柩,均我一人之力也。(《巴黎茶花女遗事》,原书二六章:"...mais je pense que le bon Dieu reconnaîtra que mes larmes étaient vraies, ma prière fervente, mon aumône sincère, et qu'ilaura pitié de celle qui, morte jeune et belle, n'a eu que moi pour lui fermer les yeux et l'ensevelir.")

"均我"、"均余"的冗赘,"着其衣冠"的语与意反（当云"为着衣冠",原文亦无此意),都撇开不讲。整个句子完全遵照原文秩序,一路浩浩荡荡,顺次而下,不重新安排组织。在文言语法里,孤零零一个"思"字无论如何带动不了后面那一大串词句,显得尾大不掉;"知"字虽然地位不那么疏远,也拖拉的东西太长,欠缺一气贯注的劲头。译文只好减缩拖累,省去原文里"上帝亦必怜彼妇美貌短命"那层词意。但是,整句的各个子句仍然散漫不够团结;假如我们不对照原文而加新式标点,就会把"且此妇人之死"另起一句。尽管这样截去后半句,前半句还是接榫不严、包扎太松,不很过得去。也许该把"上帝之心必知"那个意思移向后去："自思此一副眼泪实由中出,祈祷本诸实心,布施由于诚意,当皆蒙上帝鉴照,且伊人美貌短命,舍我无谁料理其丧葬者,当亦邀上帝悲悯。"这些例子足以表示林纾翻译时,不仅不理会"古文"的约束,而且常常无视中国语文的习尚。他简直像《撒克逊劫后英雄略》里那个勇猛善战的"道人",一换去道袍,就什么清规都不守了㊿。

在林译第一部小说《巴黎茶花女遗事》里,我们看得出林纾在尝试,在摸索,在摇摆。他认识到,"古文"关于语言的戒律要是不放松（姑且不说放弃）,小说就翻译不成。为翻译起见,他得借助于文言小说以及笔记的传统文体和当时流行的报刊文体。但是,不知道是良心不安,还是积习难改,他一会儿放下,一会儿又摆出"古文"的架子。古文惯手的林纾和翻译生手的林纾仿佛进行拉锯战或跷板游戏;这种忽进又退、此起彼伏的情况清楚地表现在《巴黎茶花女遗事》里。那可以解释为什么它的译笔比其他林译晦涩、生涩、"举止羞涩";紧跟着的《黑奴吁天录》就比较晓畅明白。古奥的字法、句法在这部译本里随处碰得着。"我为君洁,故愿勿度,非我自为也",就是一例。原书第一章里有一节从"Un jour"至"qu'autrefois"共二百十一个字,林纾只用十二个字来译:"女接所欢,妁,而其母下之,遂病。"要证明汉语比西语简括,这种例是害人上当的㉛。司马迁还肯用浅显的"有身"或"孕"(例如《外戚世家》、《五宗世家》、《吕不韦列传》、《春申君列传》、《淮南衡山列传》、《张丞相列传》),林纾却从《说文》和《玉篇》引《尚书·梓材》句"至于妉妇",摘下了一个斑驳陆离的古字;班固还肯明白说"饮药伤堕"(《外戚传》下),林纾却仿《史记·扁鹊仓公列传》,惜墨如金地只用了一个"下"字。这可能就是《畏庐论文》所谓"换字法"了。另举一个易被忽略的例。小说里报道角色对话,少不得"甲说"、"乙回答说"、"丙于是说"那些引冒语。外国小说家常常花样翻新,以免比肩接踵的"我说"、"他说"、"她说",读来单调,每每矫揉纤巧,受到修辞教科书的指斥㉜。中国古书报道对话时也来些变化,只写"曰"、"对曰"、"问"、"答云"、"言"等而不写明是谁在开口。更古雅的方式是连"曰"、"问"等都省得一干二净,《史通》内篇《模拟》所谓"连续而去其'对曰'、'问曰'等字"㉝。例如:

"……邦无道,谷,耻也。""克伐怨欲不行焉,可以为仁矣。"曰:"可以为难矣。仁则吾不知也。"(《论语·宪问》)

"……则具体而微。""敢问所安?"曰:"姑舍是。"(《孟

子·公孙丑》)

佛经翻译里往往连省两次,例如:

"……是诸国土,若算师、若算弟子能得边际,知其数不?""不也,世尊。""诸比丘,是人所经国土……"(《妙法莲华经·化城喻品》第七)

"……汝见是学、无学二千人不?""唯然,已见。""阿难,是诸人等……"(同书《授学·无学人记品》第九)

在文言小说里像:

曰:"金也。……""青衣者谁也?"曰:"钱也。……""白衣者谁也?"曰:"银也。……""汝谁也?"(《列异传·张奋》)

女曰:"非羊也,雨工也。""何为雨工?"曰:"雷霆之类也。"……君曰:"所杀几何?"曰:"六十万。""伤稼乎?"曰:"八百里。"(《柳毅传》)

道士问众:"饮足乎?"曰:"足矣。""足宜早寝,勿误樵苏。"(《聊斋志异·劳山道士》)

都是偶然一见。《巴黎茶花女遗事》却反复应用这个"古文"里认为最高雅的方式:

配曰:"若愿见之乎?吾与尔就之。"余不可。"然则招之来乎?"

曰:"然。""然则马克之归谁送之?"

曰:"然。""然则我送君。"

马克曰:"客何名?"配唐曰:"一家实瞠。"马克曰:"识之。""一亚猛着彭。"马克曰:"未之识也。"

> 突问曰:"马克车马安在?"配唐曰:"市之矣。"
> "肩衣安在?"又曰:"市之矣。""金钻安在?"曰:"典之矣。"
> 余于是拭泪问翁曰:"翁能信我爱公子乎?"翁曰:"信之。""翁能信吾情爱,不为利生乎?"翁曰:"信之。""翁能许我有此善念,足以赦吾罪戾乎?"翁曰:"既信且许之。""然则请翁亲吾额……"

值得注意的是,在以后的林译里似乎不再碰见这个方式。第二部有单行本的林译是《黑奴吁天录》,书里就不再省去"曰"和"对曰"了(例如九章马利亚等和意里赛的对话、二〇章亚妃立和托弗收的对话)。

林译除迭更司、欧文以外,前期那几种哈葛德的小说也未可抹杀。我这一次发现自己宁可读林纾的译文,不乐意读哈葛德的原文。也许因为我已很熟悉原作的内容,而颇难忍受原作的文字。哈葛德的原文滞重粗滥,对话更呆板,尤其冒险小说里的对话常是古代英语和近代英语的杂拌。随便举一个短例。《斐洲烟水愁城录》第五章:"乃以恶声斥洛巴革曰:'汝何为恶作剧?尔非痫当不如是。'"这是很利落的文言,也是很能表达原文意义的翻译,然而没有让读者看出原文里那句话的说法。在原文里,那句话(What meanest thou by such mad tricks? Surely thou art mad.)就仿佛中文里这样说:"汝干这种疯狂的把戏,于意云何?汝准是发了疯矣!"对英语稍有感性的人看到这些不伦不类的词句,第一次觉得可笑,第二、三次觉得可厌了。林纾的文笔说不上工致，而大体上比哈葛德的明爽轻快。译者运用"归宿语言"超过作者运用"出发语言"的本领，或译本在文笔上优于原作，都有可能性㊴。最讲究文笔的裴德(Walter Pater)就嫌爱伦·坡的短篇小说词句凡俗，只肯看波德莱亚翻译的法文本；法朗士说一个唯美派的少年人(un jeune esthète)告诉他《冰雪因缘》在法译本里尚堪一读㊿。虽然歌德没有承认过纳梵尔(Gérard de Nerval)法译《浮士德》比原作明畅，只是傍人附会传讹㊱，但也确有出于作者亲口的事例。惠特曼并不否认弗莱理格拉德(F. Freiligrath)德译《草叶集》里的诗也许胜过自己的英语原作；博尔赫斯甚至赞美伊巴拉(Néstor Ibarra)把他的诗译成法语，远胜西班牙语原作㊲。惠特曼当然未必能辨识德语的好歹，博尔赫斯对法语下判断却确有资格的。哈葛德小说的林译颇可列入这类事例里——不用说，只是很微末的事例。近年来，哈葛德在西方文坛的地位稍稍回升，主要也许由于一位有世界影响的心理学家对《三千年艳尸记》的称道㊳；英国也陆续出版了他的评传，说明他在同辈通俗小说家里比较经得起时间的考验㊴。水涨船高，林译可以沾光借重，至少在评论林译时，我们免得礼节性地把"哈葛德是个不足道的作家"那类老话重说一遍了。

　　林纾"译书虽对客不辍，惟作文则辍"。上文所讲也证明他"译文"不像"作文"那样慎重、认真。我顺便回忆一下有关的文坛旧事。

　　不是一九三一、就是一九三二年，我在陈衍先生的苏州胭脂巷住宅里和他长谈。陈先生知道我懂外文，但不知道我学的专科是外国文学,以为准是理工或法政、经济之类有实用的科目。那一天,他查问明白了,就慨叹说:"文学又何必向外国去学呢!咱们中国文学不就很好么!"⑩我不敢和他理论,只抬出他的朋友来挡一下,就说读了林纾的翻译小说,因此对外国文学发生兴趣。陈先生说:"这事做颠倒了!琴南如果知道,未必高兴。你读了他的翻译,应该进而学他的古文,怎么反而向往外国了?琴南岂不是'为渊驱鱼'么?"他顿一顿,又说:"琴南最恼人家恭维他的翻译和画。我送他一副寿联,称赞他的画,碰了他一个钉子。康长素送他一首诗,捧他的翻译,也惹他发脾气。"我记得见过康有为的"译才并世数严林"那首诗㉛,当时急于要听陈先生评论他交往的名士们,也没追问下去。事隔七八年,李宣龚先生给我看他保存的师友来信,里面两大本是《林畏庐先生手札》,有一封信说:

　　……前年我七十贱辰,石遗送联:"讲席推前辈;画师得大年。"于吾之品行文章,不涉一字。[石遗]来书云:"尔不用吾寿文,……故吾亦不言尔之好处。"㉜

这就是陈先生讲的那一回事了。另一封信提到严复:

　　……然几道生时,亦至轻我,至当面诋毁。㉝

我想起康有为的诗,就请问李先生。李先生说,康有为一句话得罪两个人。严复一向瞧不起林纾,看见那首诗,就说康有为胡闹,天下哪有一个外国字都不认识的"译才",自己真羞与为伍。至于林纾呢,他不快意的有两点。诗里既然不紧扣图画,都是题外的衬托,那末首先该讲自己的古文,为什么倒去讲翻译小说?

舍本逐末,这是一❻。在这首诗里,严复只是个陪客,难道非用"十二侵"韵不可,不能用"十四盐"韵,来它一句"译才并世数林严"么?"史思明懂得的道理,安绍山竟不懂!"❺喧宾夺主,这是二。后来我和夏敬观先生谈起这件事,他提醒我,他的《忍古楼诗》卷七《赠林畏庐》也说:"同时严幾道,抗手极能事。"好在他"人微言轻",不曾引起纠纷。文人好名,争风吃醋,历来传作笑柄,只要它不发展为无情、无义、无耻的倾轧和陷害,终还算得"人间喜剧"里一个情景轻松的场面。

林纾不乐意被称为"译才",我们可以理解。刘禹锡《刘梦得文集》卷七《送僧方及南谒柳员外》说过:"勿谓翻译徒,不为文雅雄",就表示一般成见以为"翻译徒"是说不上"文雅"的。远在刘禹锡前,有一位公认的"文雅雄"搞过翻译——谢灵运。他对"殊俗之音,多所通解";传布到现在的《大般涅槃经》卷首明明标出:"谢灵运再治";抚州宝应寺曾保留"谢灵运翻经台"古迹,唐以来名家诗文集里都有题咏❻。我国编写文学史的人对谢灵运是古代唯一的大诗人而兼翻译家那桩事,一向都视若无睹。这种偏见也并非限于翻译事业较不发达的中国。歌德评价卡莱尔的《德国传奇》(German Romance)时,借回教《古兰经》的一句话发挥说:"每一个翻译家也就是他本民族里的一位先知。"(So ist jeder Uebersetzer ein Prophet in seinem Volke)❻他似乎忘记了基督教《圣经》的一句话:"一位先知在他本国和自己家里是不受尊敬的。"(《马太福音》一三章五七节)近在一九二九年,法国小说家兼翻译家拉尔波还大声疾呼,说翻译者是文坛上最被忽视和贱视的人,需要团结起来抗议,卫护"尊严",提高身份⑱。林纾当然自命为"文雅雄",没料想康有为在唱和应酬的文字社交里,还不肯口角春风,而只品定他是个翻译家;"译才"和"翻译徒",正如韩愈所谓"大虫"和"老虫",虽非同等,总是同类。他重视"古文"而轻视翻译,那也不足为奇,因为"古文"是他的一种创作;一个人总觉得,和翻译比起来,创作更亲切地属于自己,尽管实际上他的所谓"创作"也许并非自出心裁,而是模仿或改编,甚至竟就是偷天换日的翻译。让我们且看林纾评价自己的古文有多高,来推测他对待古文和翻译的差别有多大。

林纾早年承认不会作诗,陈衍先生《石遗室诗集》卷一《长句一首赠林琴南》记载他:"谓'将肆力古文词,诗非所长休索和'。"他晚年要刻诗集,给李宣龚先生的信里说:

> 吾诗七律专学东坡、简斋;七绝学白石、石田,参以荆公;五古学韩;其论事之古诗则学杜。惟不长于七古及排律耳。

可见他对于自己的诗也颇得意,还表示门路很正、来头很大。然而接着是下面的一节:

> 石遗已到京,相见握手。流言之入吾耳者,一一化为云烟⑲。遂同往便宜坊食鸭,畅谈至三小时。石遗言吾诗将与吾文并肩,吾又不服,痛争一小时。石遗门外汉,安知文之奥妙!……六百年中,震川外无一人敢当我者;持吾诗相较,特狗吠驴鸣。

杜甫、韩愈、王安石、苏轼等真可怜,原来都不过是"狗吠驴鸣"

的榜样！为了抬高自己某一门造诣，不惜把自己另一门造诣那样贬损以至糟蹋，我不知道第二个事例。虽然林纾在《震川集选》里说翻译《贼史》时，"窃效"归有光的《书张贞女死事》⑦，我猜想他给翻译的地位决不会在诗之上，而很可能在诗之下。假如有人做个试验，向他说："不错！比起先生的古文来，先生的诗的确只是'狗吠驴鸣'，先生的翻译像更卑微的动物——譬如'癞蟆'吧——的叫声。"他会怎样反应呢？是欣然引为知音？还是怫然"痛争"，替自己的诗和翻译辩护？这个试验当然没人做过，也许是无需做的。

注

① 详见《说文解字诂林》第 28 册 2736—2738 页。参看《管锥编》（三）546 页。

② 参看《管锥编》（二）317—318 页。

③ 乔治·萨维尔（George Savile First Marquess of Halifax）至蒙田（Montaigne）《散文集》译者考敦（Charles Cotton）书；《全集》，瑞立（W. Raleigh）编本 185 页。十九世纪德国的希腊学大家威拉莫维茨（Ulrich v. Wilamowitz‑Moellendorff）在一种古希腊悲剧希、德语对照本（*Euripides Hippolytus*）弁首的《什么是翻译？》（*Was ist Uebersetzen?*）里，也用了相类的比喻。

④ 利奥巴尔迪（Leopardi）《感想杂志》（*Zibaldone di pensieri*），弗洛拉（F. Flora）编注本 5 版第 1 册 288—289 页。

⑤ 希莱尔马词（Friedrich D. E. Schleiermacher）《论不同的翻译方法》（*Ueber die verschiedenen Methoden des Uebersetzens*），转引自梅理安—盖那司德（E. Merian-Genast）《法国和德国的翻译艺术》（*Französische und deutsche Uebersetzungskunst*），见恩司德（F. Ernst）与威斯（K. Wais）合编《比较文学史研究问题论丛》（*Forschungsprobleme der vergleichenden Literaturgeschichte*, 1951）第 2 册 25 页；参看希勒格尔《语言的竞赛》（*Der Wettstreit der Sprachen*）里法语代表讲自己对待外国作品的态度（A. W. Schlegel, *Kritische Schriften und Briefe*, W. Kohlhammer, 1962, Bd. I, s. 252）。利奥巴尔迪讲法、德两国翻译方法的区别，暗

合希莱尔马诃的意见,见前注④所引同书第 1 册 289 又 1311 页。其实这种区别也表现在法、德两国戏剧对外国题材和人物的处理上,参看黑格尔《美学》(*Aesthetik*),建设(Aufbau)出版社 1955 年版 278—280 页。

⑥ 维耐(J. P. Vinay)与达贝而耐(J. Darbelnet)合著《法、英文体比较》(*Stylistique comparée du français et de l'anglais*, 1958) 10 页称原作的语言为"出发的语言"(langue de départ)、译本的语言为"到达的语言"(langue d'arrivée)。比起英美习称的"来源语言"(source language)和"目标语言"(target language),这种说法似乎更一气呵成。

⑦ 《堂·吉诃德》第 2 部 62 章;据马林(F. R. Marin)校注本第 8 册 156 页所引考订,1591 年两位西班牙翻译家(Diego de Mendoza y Luis Zapata)合译霍拉斯(Horace)《诗学》时,早用过这个比喻。赞宁在论理论著作的翻译,原来形式和风格的保持不像在文学翻译里那么重要;锦绣的反面虽比正面逊色,走样还不厉害,所以他认为过得去。塞万提斯是在讲文艺翻译,花毯的反面跟正面差得很远,所以他认为要不得了。参看爱伦·坡(E. Allan Poe)《书边批识》(*Marginalia*)说翻译的"翻"就是"颠倒翻覆"(turned topsy-turvy)的"翻",斯戴德门(E. C. Stedman)与沃德培利(G. E. Woodberry)合编《全集》第 7 册 212 页。

⑧ "文学因缘"是苏曼殊所辑汉译英诗集名;他自序里只讲起翻译的"讹"——"迁地勿为良"(《全集》北新版第 1 册 121 页),没有解释书名,但推想他的用意不外如此。

⑨ 歌德《精语与熟思》(*Maximen und Reflexionen*),汉堡版(Hamburger Ausgabe)14 册本《歌德集》(1982)第 12 册 499 页。参看鲍士威尔(Boswell)1776 年 4 月 11 日记约翰生论译语,见李斯甘(C. Ryskamp)与卜德尔(F. A. Pottle)合编《不祥岁月》(*The Ominous Years*)329 页,又鲍士威尔所著《约翰生传》牛津版 742 页。

⑩ 狄士瑞立(I. Disraeli)《文苑搜奇》(*Curiosities of Literature*),《张独斯(Chandos)经典丛书》本第 1 册 350 页引梅那日《掌故录》(*Menagiana*)。

⑪ 圣佩韦(Sainte-Beuve)《月曜日文谈》(*Causeries du lundi*)第 14 册 136 页引沙普伦(Jean Chapelain)的信。十八世纪英国女小说家番尼·伯尔尼幼年曾翻译法国封德耐尔(Fontenelle)的名著,未刊稿封面上有她亲笔自题:"用英语来杀害者:番尼·伯尔尼。"(Murthered into English by Frances Burney)——见亨姆罗(Joyce Hemlow)《番尼·伯尔尼传》(*The History of Fanny Burney*)16 页。诗人彭斯(Robert Burns)嘲笑马夏尔诗的一个英译本,也比之于"杀害"(murder),见《书信集》,福格森(J. De Lancy Ferguson)编本第 1 册 163 页。

⑫ 例如他自赞所译桓吉尔诗是生平"最精确、最美丽、最高雅"(la plus juste, la plus belle et la plus élégante)的译作,见前注所引圣佩韦书130页。

⑬ 在评述到林纾翻译的书籍和文章里,寒光《林琴南》和郑振铎先生《中国文学研究》下册《林琴南先生》都很有参考价值。那些文献讲过的,这里不再重复。

⑭ 周桂笙的译笔并不出色;吴趼人《新笑史·犬车》记载,周说"凡译西文者,固忌率,亦忌泥"云云,这还是很中肯的话。

⑮ 这篇文章是1963年3月写的。

⑯ 原书是 She,寒光《林琴南》和朱羲冑《春觉斋著述记》都误涽为 Montezuma's Daughter。狮爪把鳄鱼的喉咙撕开(rip),像撕裂手套一样;鳄鱼狠咬狮腰,几乎咬成两截;结果双双丧命(this duel to the death)。

⑰ 普拉兹(M. Praz)《翻译家的伟大》(Grandezza dei traduttori),见《荣誉之家》(La Casa della fama)50又52页。

⑱ 林纾《畏庐文集》里《冷红生传》自称"木强多怒",但是他在晚年作品里,常提到自己的幽默。《庚辛剑腥录》第48章邴仲光说:"吾乡有凌蔚庐['林畏庐'谐音]者,老矣。其人翻英、法小说至八十一种……其人好谐谑。"邴仲光这个角色也是林纾美化的自塑像;他工古文,善绘画,精剑术,而且"好谐谑",甚至和强盗厮杀,还边打架、边打趣,使在场的未婚妻倾倒而又绝倒(第34章)。《践卓翁小说》第2辑《窦绿娥》一则说:"余笔尖有小鬼,如英人小说所谓拍克者。""拍克"即《吟边燕语·仙狯》里的"迫克"(Puck),正是顽皮淘气的典型。

⑲ 例如《孔子世家》写夹谷之会一节是根据定公十年《谷梁传》文来的,但是那些生动、具体的细节,像"旍旄羽袚、矛戟剑拨,鼓噪而至"、"举袂而言"、"左右视"等,都出于司马迁的增饰。

⑳ 见《庚辛剑腥录》第33章,《践卓翁小说》第2辑《洪嫣篁》。前一书所引哈葛德语"使读者眼光随笔而趋",其实出于"迭更先生"《贼史》第17章:"劳读书诸先辈目力随吾笔而飞腾。"

㉑ 参看容与堂本《水浒》第一回李贽《总评》:"《水浒传》事节都是假的,说来却似逼真,所以为妙。常见近来文集,乃有真事说做假者,真钝汉也!"据周亮工《书影》卷一,《琵琶记》的评点实出无锡人叶昼手笔。李贽《续焚书》卷一《与焦弱侯》自言:"《水浒传》批点得甚快活,《西厢》、《琵琶》涂抹改窜得更妙。"袁中道《游居柿录》卷六也记载:"见李龙湖批评《西厢》、《伯喈》[即《琵琶记》],极其细密。"钱希言《戏瑕》卷三《赝籍》条所举叶昼伪撰书目中无《批评琵琶记》。不论是否李贽所说,那几句话简明扼要地提出了西洋经典文评所谓"似真"与"是真"、"可能"与"可信"(vraisemblable, vrai; possible, probable)的问题。布瓦洛论事实是真而写入作品未必

似真(Le vrai peut quelquefois n'être pas vraisemblable. —Boileau, *Art Poétique*, III, 48);普罗斯德论谎话编造得像煞有介事就决不会真有其事(Le vraisemblable, malgré l'idée que se fait le menteur, n'est pas du tout le vrai. —Marcel Proust, *La Prisonniére*, in *Ala Recherche du temps perdu*, "La Pléiade", III, p.179);可以和李贽的批语比勘。文艺里的虚构是否成为伦理上的撒谎,神话是否也属于鬼话,这是道德哲学的古老问题,参看卜克(Sissela Bok)《撒谎》(*Lying*, Quartet Books, 1980)206—209页。

㉒ 见《黑奴吁天录·例言》、《冰雪因缘·序》、《孝女耐儿传·序》、《洪罕女郎传·跋》、《撒克逊劫后英雄略·序》等。《离恨天·译余剩语》中《左传》写楚文王伐隋一节讲得最具体。据《冰雪因缘·序》看来,他比能读外文的助手更会领略原作文笔:"冲叔[魏易]初不着意,久久闻余言始觉。"

㉓ 林纾觉得很能控制自己,对原作并不任性随意改动。《块肉余生述》第5章有这样一个加注:"外国文法往往抽后来之事预言,故令读者突兀惊怪,此用笔之不同者也。余所译书,微将前后移易,以便观者。若此节则原书所有,万不能易,故仍其原文。"参看《冰雪因缘》第26、29、39、49等章加注:"原书如此,不能不照译","译者亦只好随他而走。"

㉔ 吴汝纶《桐城吴先生全书·尺牍》卷一《答严幼陵》。斯宾迦(J.E.Spingarn)编注《十七世纪批评论文集》(*Critical Essays of the Seventeenth Century*)第1册《导言》自51页起论当时的翻译往往等于改写;参看马锡生(F.O.Matthiessen)《翻译:伊丽沙伯时代的一门艺术》(*Translation: An Elizabethan Art*)自79页起论诺斯(North),又121页起论弗罗利奥(Florio),都是翻译散文的例子。瓦勒利(Valéry)语见《桓吉尔〈牧歌〉译诗》(*Traduction en vers des Bucoliques de Virgile*)弁言,《诗文集》七星版(1957)第1册214页。

㉕ 《十字军英雄记》有陈希彭《序》说林纾"运笔如风落霓转,……所难者,不加窜点,脱手成篇"。民国二十七年印行《福建通志·文苑传》卷九引陈衍先生《续闽川文士传》也说林纾在译书时,"口述者未毕其词,而纾已书在纸,能限一时许就千言,不窜一字";陈先生这篇文章当时惹起小小是非,参看《青鹤》第4卷21期载他的《白话一首哭梦旦》:"我作畏庐传,人疑多刺讥。"

㉖ 这是光绪三十四年说的话。民国三年《荒唐言·跋》的口气大变:"纾本不能西文,均取朋友所口述者而译,此海内所知。至于谬误之处,咸纾粗心浮意,信笔行之,笞均在己,与朋友无涉也。"助手们可能要求他作上面的声明。

㉗ 《克兰福镇往事》(*Cranford*)《几封旧信》(*Old Letters*)。

㉘ 例如《大食故宫余载·记阿兰白拉宫》加注:"此又类东坡之黄鹤楼诗";《撒

克逊劫后英雄略》第 35 章加注:"此语甚类宋儒之言";《魔侠传》第 4 段 14 章加注:"'铁弩三千随婿去',正与此同。"

㉙ 见所作 "Sobre el *Vathek* de William Beckford" in *Otras Inquisiciones*, Alianza Emecee,1979,p.137。

㉚ 豪斯(H. House)《迭更司世界》(*The Dickens World*) 51 又 169 页论迭更司把希望寄托在赤利伯尔这类人物身上。皮尔朋(Max Beerbohm)开过一张表,列举一般认为可笑的人物,有丈母娘、惧内的丈夫等,其中一项是:"法国人、德国人、意国人……但俄国人不在内。"见克莱(N. Clay)编《皮尔朋散文选》94 页。

㉛ 参看叶斯泼生(O. Jespersen)《近代英语文法》(*Modern English Grammar*)第 1 册第 2 部分 304 页。当然,在他所举德·昆西、迭更司等例子以前,早有那种用法,如十七世纪奥伯莱的传记名著里所谓"土耳其商人",就指在土耳其经商的英国人(John Aubrey, *Brief Lives*, ed. O. L. Dick, An Arbor Paperbacks, p. 19: "Mr Dawes, a Turkey merchant", p. 26: "Mr Hodges, a Turkey merchant".)。

㉜ 原书是 *The White Company*;《林琴南》和《春觉斋著述记》都误渻为 *Sir Nigel*。

㉝ 雨果《作祖父的艺术》(*L' Art d' être grand-pere*)第 4 卷第 1 首《布封伯爵》(*Le Comte de Buffon*)("Je contemple, au milieu des arbres de Buffon, /Le bison trop bourru, la babouin trop bouffon")。

㉞ 黄浚《花随人圣盦摭忆》238 页:"魏季渚(瀚)主马江船政工程处,与畏庐狎。一日告以法国小说甚佳,欲使译之,畏庐谢不能;再三强,乃曰:'须请我游石鼓山乃可。'季渚慨诺,买舟载王子仁同往,强使口授《茶花女》。……书出而众哗悦,林亦欣欣。……事在光绪丙申、丁酉间。"光绪丙申、丁酉是 1896—1897 年;据阿英同志《关于〈茶花女遗事〉》(《世界文学》1961 年 10 月号)的考订,译本出版于 1899 年。

㉟ 张慧剑《辰子说林》7 页:"上海某教会拟聘琴南试译《圣经》,论价二万元而未定。"

㊱ 《波斯人书信》(*Lettres persanes*)第 143 函末附医生信,德吕克(G. Truc)校注本 260—261 页。林译删去这封附"翰"(《东方杂志》第 14 卷 7 号)。

㊲ 前注㉟所引《续闽川文士传》:"[纾]作画译书,虽对客不辍,惟作文则辍。其友陈衍尝戏呼其室为'造币厂',谓动辄得钱也。"参看《玉雪留痕·序》:"若著书之家,安有致富之日?……则哈氏黩货之心,亦至可笑矣!"

㊳ 《冰雪因缘·序》,又 59 章评语:"畏庐书至此,哭已三次矣!"

㊴ 《李开先集》,路工编第 3 册 945 页。参看周晖《金陵琐事》上记李贽语,胡应麟《少室山房笔丛》卷四一记"巨公"、"名士"语。其他像袁宏道、王思任等相类的意

见,可看平步青《霞外捃屑》卷七论"古文写生逼肖处最易涉小说家数"。钱谦益《初学集》卷三二《王元照集序》:"昔有学文于熊南沙者,南沙教以读《水浒传》";《列朝诗集传》丁九王叔承《君不见·苕川席上戏赠晋陵朱说书》:"君不见罗生《水浒传》,史才别逞文辉烂。……马迁、丘明走笔端,神机颠倒庄周幻"。这两节都未见人征引。

㊵ 流传的归有光评点《史记》并非真本(参看王懋竑《白田草堂存稿》卷八《跋归震川〈史记〉》,又陆继辂《合肥学舍札记》卷一引姚鼐自言所见"震川有《史记》阁本,但有圈点,极发人意"),然而古文家奉它为天书,"前辈言古文者所为珍重授受,而不肯轻以示人者"(章学诚《文史通义》内篇一《文理》)。恽敬给予《红楼梦》以四色笔评点的同样待遇,可以想见这位古文家多么重视它的"文"了。

㊶ 阮元语想出自李氏收藏的手迹,别处未见过。李氏对《儒林外史》还有保留:"《醒世姻缘》可为快书第一,每一下笔,辄数十行,有长江大河、浑灏流转之观。……国朝小说惟《儒林外史》堪与匹敌,而沉郁痛快处似尚不如。"李慈铭《越缦堂日记补》咸丰十年二月十六日:"阅小说演义名《醒世姻缘》者。……老成细密,亦此道中之近理者";黄公度《与梁任公论小说书》:"将《水浒》、《石头记》、《醒世姻缘》以及太西小说,至于通行俗谚,所有譬喻语、形容语、解颐语,分别钞出,以供驱使"(钱仲联《人境庐诗钞笺注·黄公度先生年谱》光绪二十八年)。这几个例足够表明:晚清有名的文人学士急不及待,没等候白话文学提倡者打鼓吹号,宣告那部书的"发现",而早觉察它在中国小说里的地位了。

㊷ 沈廷芳《隐拙轩文钞》卷四《方望溪先生传》附《自记》。方苞敬畏的李绂《穆堂别稿》卷四四《古文词禁八条》是一直被忽略的文献,明白而详细地规定了禁用"儒先语录"、"佛老唾余"、"训诂讲章"、"时文评语"、"四六骈语"、"颂扬套语"、"传奇小说"和"市井鄙言"。自称曾被李氏赏识的袁枚也信奉这些"词禁",参看《小仓山房文集》卷三五《与孙俌之秀才书》。

㊸ 梅曾亮《柏枧山房文集》续集《姚姬传先生尺牍序》:"先生尝语学者,为文不可有注疏、语录及尺牍气";吴德旋《初月楼古文绪论》第二条:"忌小说、忌语录、忌诗话、忌时文、忌尺牍。"

㊹ 推崇方苞的桐城人也不得不承认他的语言很贫薄——"啬于词"(刘开《孟涂文集》卷四《与阮芸台宫保论文书》)。

㊺ 《朱子语类》卷一二五:"老子……笑嘻嘻地,便是个退步占便宜底人。"这原是"语录",用字不忌。陈梦锡《无梦园集》马集卷四《注〈老子〉序》暗暗针对朱熹:"老子非便宜人也。……非为人便宜门也,老子最恶便宜。"这就是晚明人古文破了"忌语录"的戒了。

㊻ 方苞语亦见前注㊷所引沈廷芳文。吴德旋《初月楼古文绪论》评袁枚"文不

如其小说",自注:"陈令升曰:'侯朝宗、王于一其文之佳者尚不能出小说家伎俩,岂是名家!'"按陈氏语见黄宗羲《南雷文案》后集卷四《陈令升先生传》。参看彭士望《树庐文钞》卷二《与魏冰叔书》:"即文字写生处,亦须出之正大自然,最忌纤佻,甚或诡诬,流为稗官谐史。敝乡徐巨源之《江变纪略》、王于一之《汤琵琶》、《李一足传》取炫世目,不虑伤品。"李良年《秋锦山房集》卷三《论文口号》九首之六:"于一文章在人口,暮年萧瑟转歔欷;《琵琶》《一足》荒唐甚,留补《齐谐》志怪书。"汪琬《钝翁前后类稿》卷四八《跋王于一遗集》:"前代之文,有近于小说者,盖自柳子厚始,如《河间》《李赤》二传、《谪龙说》之属皆然。然子厚文气高洁,故犹未觉其流宕也。至于今日,则遂以小说为古文词矣。……亦流为俗学而已矣!夜与武曾[即李良年]论朝宗《马伶传》、于一《汤琵琶传》,不胜叹息。"王猷定《四照堂集》卷七《李一足传》实据"与一足游最久"的韩程俞《白松楼集略》卷八《李一足小传》改写。韩愈的另一同伙李翱所作《何首乌录》、《解江灵》等,也"近于小说"。

㊼ 《〈古文辞类纂〉选本·序》;参看朱羲胄《贞文先生年谱》卷下民国三年记林纾斥"文中杂以新名词"。清末有些人认为古文当然不容许"杂以新名词",公文也得避免新名词。例如张之洞"凡奏疏公牍有用新名词者,辄以笔抹之,且书其上曰:'日本名词!'后悟'名词'即新名词,乃改称'日本土语'"(江庸《趋庭随笔》;参看胡思敬《国闻备乘》卷四)。易顺鼎《鸣呼易顺鼎》第五篇记自己很蒙张氏器重,但拟稿时用"牺牲"、"组织"两个"新名词",张"便大怪他",说他"明明有意与我反对",从此不提拔他。

㊽ 《拊掌录·李迫大梦》译意作"朋友小会";《巴黎茶花女遗事》"此时赴会所尚未晚"是译原书9章的"Il est temps que j'aille au club"。

㊾ 宗惟惠译《求凤记》的《楔言》第3节、第8节等把称呼词译音,又按照汉语习惯,位置在姓名之后,例如"史列门密司"、"克伦密司",可以和"先生密而华德"配对。

㊿ 《撒克逊劫后英雄略》二十章:"盖我一撺甲,饮酒、立誓、狎妓,节节皆无所讳。"

㉛ 林纾原句虽然不是好翻译,还不失为雅炼的古文。"姎"字古色烂斑,不易认识,无怪胡适错引为"其女珠,其母下之",轻藐地说:"早成笑柄,且不必论"(《胡适文存》卷一《建设的文学革命论》)。大约他以为"珠"是"珠胎暗结"的简省,错了一个字,句子的确然此不通;他又硬生生在"女"字前添了"其"字,于是紧跟"其女"的"其母"变成了祖母或外祖母,那个私门子竟是三世同堂了。胡适似乎没意识到他抓林纾的"笑柄",自己着实赔本,付出了很高的代价。关于汉语比西语简洁,清末有一个口译上的掌故。"载洵偕水师提督萨镇冰赴美国考察海军,抵华盛顿。参观舰队及制造厂

毕,海军当局问之曰:'贵使有何意见发表否?'洄答曰:'很好!'翻译周自齐译称曰:'贵国机器精良,足资敝国模范,无任钦佩!'闻者大哗。……盖载洵仅一张口,决无如许话也。"(《小说大观》第一五集陈灨一《睇向斋秘录》)这个道听途说的故事几乎是有关口译的刻板笑话。在十七世纪法国喜剧里,就有骗子把所谓"土耳其"语两个字口译成一大段法语的场面 (Ergaste: "Oui, le langage turc dit beaucoup en deux mots." —Jean de Rotrou, *La Soeur*, III, iv, *Oeuvres*, Garnier, pp. 252—253; Covielle: "Oui, la langue turque est comme cela, elle dit beaucoup en peu demots." —Molière, *Le Bourgeois gentilhomme*, IV. iv, *Oeuvres complètes*, "La Société des Belles Lettres", t., VI, pp. 271—272);十九世纪英国讽刺小说里一反其道,波斯人致照例成章的迎宾辞 (a well-set speech),共一百零七字,口译者以英语六字了事,英国人答辞只是一个"哦"(Oh)字(James Morier, *Hajji Baba in England*, ch. 15, "The World's Classics", p. 85)。

㉜ 参看亚而巴拉(A. Albalat)《不要那样写》(*Comment i ne faut pas écrire*) 28—29页;浮勒(H. W. Fowler)《现代英语运用法》(*Modern English Usage*)343页"习气"(Mannerism)条,高华士(E. Gowers)增订本第2版302页"倒装"(Inversion)条,又533页"说"(Said)条。

㉝ 参看《管锥编》(一)470—472页。

㉞ 参看培茨(E. S. Bates)《近代翻译》(*Modern Translation*)112页所举例。

㉟ 班生(A. C. Benson)《裴德评传》23页;法朗士(A. France)《文学生活》(*La Vie littéraire*)第1册178页。

㊱ 见前注⑤所引《比较文学史研究问题论丛》第2册27页。

㊲ 德老白尔(H. Traubel)《和惠特曼在一起》(*With Walt Whitman in Camden Town*),白拉特来(S. Bradley)编本第4册16页;沙蓬尼埃(G. Charbonier)《博尔赫斯访问记》(*Entrevistas con J. L. Borges*),索莱尔(Martí Soler)西班牙语译本第3版(1975)11—12页。

㊳ 荣格(C. G. Jung)《现代人寻找灵魂》(*Modern Man in Search of a Soul*)里那著名的一节已被通行的文论选本采入,例如瑞德(M. Rader)《现代美学论文选》(*A Modern Book of Esthetics*)增订3版、洛奇(D. Lodge)《二十世纪文评读本》(*Twentieth-Century Literary Criticism: A Reader*)。

㊴ 我看到的有柯恩(M. Cohen)《哈葛德的生平和作品》(*Rider Haggard: His Life and Works*, 1960)和爱理斯(P. B. Ellis)《哈葛德:来自大无限的声音》(*H. Rider Haggard: A Voice from the Infinite*, 1978)。都写得不算好,但都声称哈葛德一直保有读众。

㊾ 好多老辈文人有这种看法,樊增祥的诗句足以代表:"经史外添无限学,欧罗所读是何诗?"(《樊山续集》卷二四《九叠前韵书感》)。他们不得不承认中国在科学上不如西洋,就把文学作为民族优越感的根据。在这一点上,林纾的识见超越了比他才高学博的同辈。试看王闿运的议论:"外国小说一箱看完,无所取处,尚不及黄淳耀看《残唐》也!"(《湘绮楼日记》民国三年七月二十四日)。这"一箱"很可能就是《林译小说》,里面有《海外轩渠录》、《鲁滨逊飘流记》以及迭更司、司各德、欧文等的作品。看来其他东方古国的人也抱过类似态度,龚古尔(Edmond de Goncourt)就记载波斯人说:欧洲人会制钟表,会造各种机器,能干得很,然而还是波斯人高明,试问欧洲也有文人、诗人么(si nous avons des littérateurs, des poètes)?——《龚古尔兄弟日记》1887年9月9日,李楷德(R. Ricatte)编"足本"(Texte intégral)第15册29页。参看莫理阿《哈吉巴巴在英国》54章,前注㉜所引书335页。

㊿ 《庸言》第1卷7号载《琴南先生写〈万木草堂图〉,题诗见赠,赋谢》:"译才并世数严林,百部虞初救世心。喜剩灵光经历劫,谁伤正则日行吟。唐人顽艳多哀感,欧俗风流所入深。多谢郑虔三绝笔,草堂风雨日披寻。"林纾原作见《畏庐诗存》卷上《康南海书来索画〈万木草堂图〉,即题其上》。康有为那首诗是草率应酬之作,"日"、"风"两字重出,"哀感顽艳"四字误解割裂(参看《管锥编》(三)324—325页),对仗实在粗拙,章法尤其混乱。第五、六句又讲翻译小说;第七句仿佛前面第一、二、五、六句大讲特讲的翻译不算什么,拿手的忽然是诗、书、画;第八句把"风雨飘摇"省为"风雨",好像说一到晴天就不用看这幅画了。景印崔斯哲写本《康南海先生诗集》卷一二《纳东海亭诗》没有收这首诗,也许不是漏掉而是删去的。

㊽ 朱羲胄《贞文先生学行记》卷二载此联作:"讲席推名辈;画师定大年。"

㊾ 《畏庐文集》里《送严伯玉[严复儿子]至巴黎序》和《尊疑[严复别号]译书图记》推重严复,只是评点家术语所谓"题中应有之义"、不"上门骂人"的"尊题"。《洪罕女郎传·跋》称赞严复,那才是破格表示友善。《畏庐诗存》卷上《严几道六十寿,作此奉祝》:"盛年苦相左,晚岁荷推致。"坦白承认彼此间关系本来不很和好;据林纾的信以及李先生的话,严复"晚岁"对林纾并不怎么"推致"。严复《愈野堂诗集》卷下有为林纾写的两首诗。《题林畏庐〈晋安耆年会图〉》:"纾也壮日气食牛,上追西汉搞文藻。……虞初刻划万物情,东野□才逊雄骜";《赠林畏庐》:"尽有高词媲汉始,更搜重译到虞初。"不直说林纾的古文近法归有光、方苞等,而夸奖它"上追"《史记》,这大约就使林纾感到"荷推致"了。严复显然突出林纾的古文;也不认为他用"古文"翻译小说,像赵熙所说"列国虞初铸马班";又只把他的翻译和诗并列为次要。"□"一个刻本作"受"字。"汉始"和"虞初"对偶工整,缺陷是不很贴切司马迁的时代;"愈野堂"命名的来历想是刘歆《移书让太常博士》:"夫礼失,求之于野,古文不犹愈于野乎!"

㊿ 据林纾《震川集选·序》,康有为对他的古文,不甚许可,说:"足下奈何学桐城!"《方望溪集选·序》所讲"某公斥余",就指那句话。

㊺ 林纾"好谐谑"的例子。史思明作《樱桃子》诗,宁可不押韵,不肯把宰相的名字放在亲王的名字前面;这是唐代有名的笑话(《太平广记》卷四九五引《芝田录》,《全唐诗》卷八六九《谐谑》一)。安绍山是《文明小史》四五、四六回里出现的角色,影射康有为,双关康氏的姓("安康")和安禄山的姓名,"绍"是"绍述"之意;唐史常说"安史之乱",安禄山和史思明同伙齐名,一对"叛逆"。林纾称赞《文明小史》"亦佳绝",见《红礁画桨录·译余赘语》;他的《庚辛剑腥录》九章里有个昆南陔,也是"康南海"的谐音。

㊻ 慧皎《高僧传》卷七《慧睿传》、《慧严传》;《永乐大典》卷二六〇三《台》字下引自唐至元的题咏诗文。

㊼ 歌德《艺术与文学评论集》(*Schriften zur Kunst und Literatur*),前注⑨所引同书第 12 册 353 页。

㊽ 拉尔波(Valery Larbaud)《翻译家的庇佑者》(*Le Patron des traducteurs*),《全集》迦利玛(Gallimard)版第 8 册 15 页。随便举几个十七、八世纪的佐证。索莱尔的有名幽默小说里说一些人糊口只好靠译书、"那桩很卑贱的事"(traduire des livres, qui est une chose très vile.—C. Sorel, *Histoire comique de Francion*, ed. E. Roy, t. II. p. 80)。蒲伯给他朋友一位画家(C. Jervas)的信里说自己成为"一个不足挂齿的人"(a person out of the question),因为"翻译者算不得诗人,正像裁缝不算是人"(a Translator is no more a Poet, than a Taylor is a Man.—Pope, *Correspondence*, ed. G. Sherburn vol. I. p. 347);他又说,一位贵人(Lord Oxford)劝他不要译荷马史诗,理由是:"这样一位好作家不该去充当翻译者"(So good a writer ought not to be a translator.—J. Spence, *Anecdotes, Observations and Characters of Books and Men*, "Centaur Classics", p. 181)。蒲伯的仇人蒙太葛爵夫人给女儿(the Countess of Bute)的信里谈到一位名小说家:"我的朋友斯摩莱特把时间浪费在翻译里,我为他惋惜。"(I am sorry my friend Smollett loses his time in translations.—Lady Mary Wortly Montagu, *Letters*, "Everyman's Lib.", p. 449)。

㊾ "流言"指多嘴多事的朋友们在彼此间搬弄的是非。

㊿ 见《归震川全集》卷四;同卷《书郭义官事》、《张贞女狱事》也都是有"小说家伎俩"的"古文"。

诗可以怨*

到日本来讲学，是很大胆的举动。就算一个中国学者来讲他的本国学问，他虽然不必通身是胆，也得有斗大的胆。理由很明白简单。日本对中国文化各个方面的卓越研究，是世界公认的；通晓日语的中国学者也满心钦佩和虚心采用你们的成果，深知道要讲一些值得向各位请教的新鲜东西，实在不是轻易的事。我是日语的文盲，面对着贵国"汉学"或"支那学"的丰富宝库，就像一个既不懂号码锁、又没有开撬工具的穷光棍，瞧着大保险箱，只好眼睁睁地发愣。但是，盲目无知往往是勇气的源泉。意大利有一句嘲笑人的惯语，说"他发明了雨伞"（ha inventato l'ombrello）。据说有那么一个穷乡僻壤的土包子，一天在路上走，忽然下起小雨来了，他凑巧拿着一根棒和一方布，人急智生，把棒撑了布，遮住头顶，居然到家没有淋得像落汤鸡。他自我欣赏之余，也觉得对人类作出了贡献，应该公诸于世。他风闻城里有一个"发明品专利局"，就兴冲冲拿棍连布，赶进城

---

*　1980年11月20日在日本早稻田大学文学教授恳谈会上讲稿。《文学评论》1981年1期、《1981中国文学研究年鉴》都刊登过。这是改定本。

去,到那局里报告和表演他的新发明。局里的职员听他说明来意,哈哈大笑,拿出一把雨伞来,让他看个仔细。我今天就仿佛那个上注册局的乡下佬,孤陋寡闻,没见识过雨伞。不过,在找不到屋檐下去借躲雨点的时候,棒撑着布也还不失为自力应急的一种有效办法。

尼采曾把母鸡下蛋的啼叫和诗人的歌唱相提并论,说都是"痛苦使然"(Der Schmerz macht Hühner und Dichter gackern)①。这个家常而生动的比拟也恰恰符合中国文艺传统里一个流行的意见:苦痛比快乐更能产生诗歌,好诗主要是不愉快、烦恼或"穷愁"的表现和发泄。这个意见在中国古代不但是诗文理论里的常谈,而且成为写作实践里的套板。因此,我们惯见熟闻,习而相忘,没有把它当作中国文评里的一个重要概念而提示出来。我下面也只举一些最平常的例来说明。

《论语·阳货》讲:"诗可以兴,可以观,可以群,可以怨。""怨"只是四个作用里的一个,而且是末了一个。《诗·大序》并举"治世之音安以乐"、"乱世之音怨以怒"、"亡国之音哀以思",没有侧重或倾向哪一种"音"。《汉书·艺文志》申说"诗言志",也不偏不倚:"故哀乐之心感,而歌咏之声发。"司马迁也许是最早两面不兼顾的人。仿佛只注意到《诗经·园有桃》的:"心之忧矣,我歌且谣。"《报任少卿书》和《史记·自序》历数古来的大著作,指出有的是坐了牢写的,有的是贬了官写的,有的是落了难写的,有的是身体残废后写的;一句话,都是遭贫困、疾病以至刑罚磨折的倒霉人的产物。他把《周易》打头,《诗三百篇》收梢,总结说:"大抵圣贤发愤之所为作也。"还补充一句:"此人皆意有所郁结。"那就是撇开了"乐",只强调《诗》的"怨"或"哀"了;作《诗》者都是"有所郁结"的伤心人或不得志之士,诗歌也"大抵"是"发愤"的叹息或呼喊了。东汉人所撰《越绝书·越绝外传本事第一》说得更露骨:"夫人情泰而不作,……怨恨则作,犹诗人失职,怨恨忧嗟作诗也。"明末陈子龙曾引用"皆圣贤发愤之所为作"那句话,为它阐明了一下:"我观于《诗》,虽颂皆刺也——时衰而思古之盛王。"(《陈忠裕全集》卷二一《诗论》)颂扬过去正表示对现在不满,因此,《三百篇》里有些表面上的赞歌只是骨子里的怨诗了。附带可以一提,拥护"经义"而反对"文华"的郑覃,苦劝唐文宗不要溺爱"章句小道",说:"夫《诗》之雅、颂,皆下刺上所为,非上化下而作"(《旧唐书·郑覃传》),虽然是别有用心的谗言,而早已是"虽颂皆刺"的主张了。《公羊传》宣公十五年"初税亩"节里"什一行而颂声作矣"一句下,何休的《解诂》也很耐寻味。"太平歌颂之声,帝王之高致也。……独言'颂声作'者,民以食为本也。……男女有所怨恨,相从而歌:饥者歌其食,劳者歌其事。"《传》文明明只讲"颂声",《解诂》补上"怨恨而歌",已近似横生枝节了;不仅如此,它还说一切"歌"都出于"有所怨恨",把发端的"太平歌颂之声"冷搁在脑后。陈子龙认为"颂"是转弯抹角的"刺";何休仿佛先遵照《传》文,交代了高谈空论,然后根据经验,补充了真况实话:"太平歌颂之声"那种"高致"只是史书上的理想或空想,而"饥者"、"劳者"的"怨恨而歌"才是生活里的事实。何、陈两说相辅相成。中国成语似乎也反映了这一点。乐府古辞《悲歌行》:"悲歌可以当泣,远望可以当归。"从此"长歌当哭"是常用的词句;但是相应的"长歌当笑"那类说法却不经见,尽管有人冒李白的大牌子,作了《笑歌行》。笑吟吟的"吟"字不等同于"新诗改罢自长吟"的"吟"字。

司马迁的那种意见,刘勰曾涉及一下,还用了一个巧妙的譬喻。《文心雕龙·才略》讲到冯衍:"敬通雅好辞说,而坎壈盛世;《显志》、《自序》亦蚌病成珠矣。"就是说他那两篇文章是"郁结"、"发愤"的结果。刘勰淡淡带过,语气下像司马迁那样强烈,而且专说一个人,并未扩大化。"病"是苦痛或烦恼的泛指,不限于司马迁所说"左丘失明"那种肉体上的害病,也兼及"坎壈"之类精神上的受罪,《楚辞·九辩》所说:"坎壈兮贫士失职而志不平。"北朝有个姓刘的人也认为困苦能够激发才华,一口气用了四个比喻,其中一个恰好和南朝这个姓刘人所用的相同。刘昼《刘子·激通》:"梗楠郁蹙以成缛锦之瘤,蚌蛤结疴而衔明月之珠,鸟激则能翔青云之际,矢惊则能逾白雪之岭,斯皆仍瘁以成明文之珍,因激以致高远之势。"(参看《玉台新咏》卷一〇许瑶之《咏楠榴枕》:"端木生河侧,因病遂成妍";"榴"通"瘤"。《太平御览》卷三五〇引《韩子》:"水激则悍,矢激则远";《史记·范雎蔡泽列传》:"太史公曰:'然二子不困厄,恶能激乎'";又《后汉书·冯衍传》上章怀注引衍与阴就书:"鄙语曰:'水不激不能破舟,矢不激不能饮羽。'")后世像苏轼《答李端叔书》:"木有瘿,石有晕,犀有通,以取妍于人,皆物之病",无非讲"仍瘁以成明文",虽不把"蚌蛤衔珠"来比,而"木有瘿"正是"梗楠成瘤"②。西洋人谈起文学创作，取譬巧合得很。格里巴尔泽（Franz Grillparzer）说诗好比害病不作声的贝壳动物所产生的珠子（die Perle, das Erzeugnîs des kranken stillen Muscheltieres）；福楼拜以为珠子是牡蛎生病所结成（la perle est une maladie de l'huître），作者的文笔（le style）却是更深沉的痛苦的流露（l'écoulement d'une douleur plus profonde）③。海涅发问：诗之于人，是否像珠子之于可怜的牡蛎，是使它苦痛的病料（wie die Perle, die Krankheitsstoff, woran das arme Austertier leidet）④。豪斯门（A. E. Housman）说诗是一种分泌（a secretion），不管是自然的（natural）分泌，像松杉的树脂（like the turpentine in the fir），还是病态的（morbid）分泌，像牡蛎的珠子（like the pearl in the oyster）⑤。看来这个比喻很通行。大家不约而同地采用它，正因为它非常贴切"诗可以怨"、"发愤所为作"。可是，《文心雕龙》里那句话似乎历来没有博得应得的欣赏。

司马迁举了一系列"发愤"的著作，有的说理，有的记事，最后把《诗三百篇》笼统都归于"怨"，也作为一个例子。钟嵘单就诗歌而论，对这个意思加以具体发挥。《诗品·序》里有一节话，我们一向没有好好留心。"嘉会寄诗以亲，离群托诗以怨。至于楚臣去境，汉妾辞宫；或骨横朔野，魂逐飞蓬；或负戈外戍，杀气雄边，塞客衣单，孀闺泪尽；或士有解佩出朝，一去忘反，女有扬蛾入宠，再盼倾国。凡斯种种，感荡心灵，非陈诗何以展其义？非长歌何以骋其情？故曰：'诗可以群，可以怨。'使穷贱易安，幽居靡闷，莫尚于诗矣！"说也奇怪，这一节差不多是钟嵘同时人江淹那两篇名文——《别赋》和《恨赋》——的提纲。钟嵘不讲"兴"和"观",虽讲起"群",而所举压倒多数的事例是"怨",只有"嘉会"和"入宠"两者无可争辩地属于愉快或欢乐的范围。也许"无可争辩"四个字用得过分了。"扬蛾入宠"很可能有苦恼或"怨"的一面。譬如《全晋文》卷一三九左嫔的《离思赋》就怨恨自己"入紫庐"以后,"骨肉至亲,永长辞兮!"因而"欷歔涕流"(参看《文馆词林》卷一五二她哥哥左思《悼离赠妹》:"永去骨肉,内充紫庭。……悲其生离,泣下交颈")。《红楼梦》第一八回里的贾妃不也感叹"今虽富贵,骨肉分离,终无意趣"么?同时,按照当代名剧《王昭君》的主题思想,"汉妾辞宫"绝不是"怨",少说也算得是"群",简直竟是良缘"嘉会",欢欢喜喜,到胡人那里去"扬蛾入宠"了。但是,看《诗品》里这几句平常话时,似乎用不着那样深刻的眼光,正像在日常社交生活里,看人看物都无须荧光检查式的透视。《序》结尾又举了一连串的范作,除掉失传的篇章和泛指的题材,过半数都可以说是"怨"诗。至于《上品》里对李陵的评语:"生命不谐,声颓身丧,使陵不遭辛苦,其文亦何能至此!"更明白指出了刘勰所谓"蚌病成珠",也就是后世常说的"诗必穷而后工"⑥。还有一点不容忽略。同一件东西,司马迁当作死人的防腐溶液,钟嵘却认为是活人的止痛药和安神剂。司马迁《报任少卿书》只说"舒愤"而著书作诗,目的是避免姓"名磨灭"、"文采不表于后世",着眼于作品在作者身后起的功用,能使他死而不朽。钟嵘说"使穷贱易安,幽居靡闷,莫尚于诗",强调了作品在作者生时起的功用,能使他和艰辛冷落的生涯妥协相安;换句话说,一个人潦倒愁闷,全靠"诗可以怨",获得了排遣、慰藉或补偿。随着后世文学体裁的孳生,这个对创作的动机和效果的解释也从诗歌而蔓延到小说和戏剧。例如周楫《西湖二集》卷一《吴越王再世索江山》讲起瞿佑写《剪灯新话》和徐渭写《四声猿》:"真个哭不得,笑不得,叫不得,跳不得,你道可怜也不可怜!所以只得逢场作戏,没紧没要,做部小说。……发抒生平之气,把胸中欲歌欲哭欲叫欲跳之意,尽数写将出来。满腹不平之气,郁郁无聊,借以消遣。"李渔《闲情偶寄》卷二《宾白》讲自己写剧本,说来更淋漓尽致:"予生忧患之中,处落魄之境,自幼至长,自长至老,总无一刻舒眉。惟于制曲填词之顷,非但郁藉以舒,愠为之解,且尝僭作两间最乐之人。……未有真境之所为,能出幻境纵横之上者。我欲做官,则顷刻之间便臻荣贵。……我欲作人间才子,即为杜甫、李白之后身。我欲娶绝代佳人,即作王嫱、西施之原配。"正像陈子龙以为《三百篇》里"虽颂皆刺",李渔承认他剧本里欢天喜地的"幻境"正是他生活里踢天踏地的"真境"的"反"映——剧本照映了生活的反面。大家都熟知弗洛伊德的有名理论:在实际生活里不能满足欲望的人,死了心作退一步想,创造出文艺来,起一种替代品的功用(Ersatz für den Triebverzicht),借幻想来过瘾(Phantasiebefriedgungen)⑦。假如说,弗洛伊德这个理论早在钟嵘的三句话里稍露端倪,更在周楫和李渔的两段话里粗见眉目,那也许不是牵强拉拢,而只是请大家注意他们似曾相识罢了。

在某一点上,钟嵘和弗洛伊德可以对话,而有时候韩愈和司马迁也会说不到一处去。《送孟东野序》是收入旧日古文选本里给学童们读熟读烂的文章。韩愈一开头就宣称:"大凡物不得其平则鸣。……人声之精者为言,文辞之于言,又其精也。"历举庄周、屈原、司马迁、相如等大作家作为"善鸣"的例子,然后隆重地请出主角:"孟郊东野始以其诗鸣。"一般人认为"不平则鸣"和"发愤所为作"涵义相同;事实上,韩愈和司马迁讲的是两码事。司马迁的"愤"就是"坎壈不平"或通常所谓"牢骚";韩愈的"不平"和"牢骚不平"并不相等,它不但指愤郁,也包括欢乐在内。先秦以来的心理学一贯主张:人"性"的原始状态是平静,"情"是平静遭到了骚扰,性"不得其平"而为情。《乐记》里两句话"人生而静,感于物而动",具有代表性,道家和佛家经典都把水因风而起浪作为比喻⑧。这个比喻也被儒家借而不还,据为己有。《礼记·中庸》"天命之谓性"句下,孔颖达《正义》引梁五经博士贺场说:"性之与情,犹波之与水,静时是水,动则是波,静时是性,动则是情。"韩门弟子李翱《复性书》上篇就说:"情者,性之动。水汩于沙,而清者浑,性动于情,而善者恶。"甚至深怕和佛老沾边的宋儒程颐也不避嫌疑:"湛然平静如镜者,水之性也。及遇沙石或地势不平,便有湍激,或风行其上,便为波涛汹涌,此岂水之性也哉!……然无水安得波浪,无性安得情也?"(《河南二程遗书》卷一八《伊川语》)通俗小说里常用的"心血来潮"那句话,也表示这个比喻的普及。《封神榜》第三四回写太乙真人静坐,就解释道:"看官,但凡神仙,烦恼、嗔痴、爱欲三事永忘,其心如石,再不动摇。'心血来潮'者,心中忽动耳。"——"来潮"等于"动则是波"。按照古代心理学,不论什么情感都是"性"暂时失去了本来的平静,不但愤郁是"性"的骚动,欢乐也一样好比水的"波涛汹涌"、"来潮"。我们也许该把韩愈的话安置在这种"语言天地"里,才能理解它的意义。他另一篇文章《送高闲上人序》就说:"喜怒窘穷,忧悲愉快,怨恨思慕,酣醉无聊,不平有动于心,必于草书焉发之。""有动"和"不平"就是同一事态的正负两种说法,重言申明,概括"喜怒"、"悲愉"等情感。只要看《送孟东野序》的结尾:"抑不知天将和其声而使鸣国家之盛耶?抑将穷饿其身,思愁其心肠,而使自鸣其不幸耶!"很清楚,得志而"鸣国家之盛"和失意而"自鸣不幸",两者都是"不得其平则鸣"。韩愈在这里是两面兼顾的,正像《汉书·艺文志》讲"歌咏"时,并举"哀乐",而不像司马迁那样的偏主"发愤"。有些评论家对韩愈的话加以指摘⑨,看来他们对"不得其平"理解得太狭窄了,把它和"发愤"混淆。黄庭坚有一联诗:"与世浮沉唯酒可,随人忧乐以诗鸣。"(《山谷内集》卷一三《再次韵兼简履中南玉》之二)下句的"来历"正是《送孟东野序》。他很可以写"失时穷饿以诗鸣"或"违时侘傺以诗鸣"等等,却用"忧乐"二字作为"不平"的代词,真是一点儿不含糊的好读者。

韩愈确曾比前人更明白地规定了"诗可以怨"的观念,那是在他的《荆潭唱和诗序》里。这篇文章是恭维两位写诗的大官僚的,恭维他们的诗居然比得上穷书生的诗,"王公贵人"能"与韦布里闾憔悴之士较其毫厘分寸"。言外之意就是把"憔悴之士"的诗作为检验的标准,因为有一个大前提:"夫和平之音淡薄,而愁思之声要眇,欢愉之辞难工,而穷苦之言易好也。"早在六朝,已有人说出了"和平之音淡薄"的感觉,《全宋文》卷一九王微《与从弟僧绰书》:"文词不怨思抑扬,则流淡无味。"后来有人干脆归纳为七字诀:"其中妙诀无多语,只有销魂与断肠。"(方文《涂山续集》卷五《梦与施愚山论诗醒而有作》)为什么有"难工"和"易好"的差别呢?一个明末的孤臣烈士和一个清初的文学侍从尝试地作了相同的心理解答。张煌言说:"甚矣哉!'欢愉之词难工,而愁苦之音易好也'!盖诗言志,欢愉则其情散越,散越则思致不能深入;愁苦则其情沉着,沉着则舒籁发声,动与天会。故曰:'诗以穷而后工。'夫亦其境然也。"(《国粹丛书》本《张苍水集》卷一《曹云霖诗序》)陈兆仑说得更简括:"'欢娱之词难工,愁苦之词易好。'此语闻之熟矣,而莫识其所由然也。盖乐主散,一发而无余;忧主留,辗转而不尽。意味之浅深别矣。"(《紫竹山房集》卷四《消寒八咏·序》)这对诗歌"难工"和"易好"的缘故虽然不算解释透彻,而对欢乐和忧愁的情味很能体贴入微。陈继儒曾这样来区别屈原和庄周:"哀者毗于阴,故《离骚》孤沉而深往;乐者毗于阳,故《南华》奔放而飘飞。"(《晚香堂小品》卷九《郭注庄子叙》)一位意大利大诗人也记录下类似的体会:欢乐趋向于扩张,忧愁趋向于收紧(questa tendenza al dilatamento nell'allegrezza, e al ristringimento nella tristezza)⑩。我们常说:"心花怒放","开心","快活得骨头都轻了",和"心里打个结","心上有了块石头","一口气憋在肚子里"等等,都表达了乐的特征是发散、轻扬,而忧的特征是凝聚、滞重⑪。欢乐"发而无余",要挽留它也留不住，忧愁"转而不尽"，要消除它也除不掉。用歌德的比喻来说，快乐是圆球形(die Kugel)，愁苦是多角物体形(das Vieleck)⑫。圆球一滚就过，多角体"辗转"即停，张煌言和陈兆仑都说出了这种区别。

韩愈把穷书生的诗作为样板；他推崇"王公贵人"也正是抬高"憔悴之士"。恭维而没有一味拍捧，世故而不是十足势利，应酬大官僚的文章很难这样有分寸。司马迁、钟嵘只说穷愁使人作诗、作好诗，王微只说文词不怨就不会好。韩愈把反面的话添上去了，说快乐虽也使人作诗，但作出的不会是很好或最好的诗。有了这个补笔，就题无剩义了。韩愈的大前提有一些事实根据。我们不妨说，虽然在质量上"穷苦之言"的诗未必就比"欢愉之词"的诗来得好，但是在数量上"穷苦之言"的好诗的确比"欢愉之词"的好诗来得多。因为"穷苦之言"的好诗比较多，从而断言只有"穷苦之言"才构成好诗，这在推理上有问题，韩愈犯了一点儿逻辑错误。不过，他的错误不很严重，他也找得着有名的同犯，例如十九世纪西洋的几位浪漫诗人。我们在学生时代念的通常选本里，就读到这类名句："最甜美的诗歌就是那些诉说最忧伤的思想的"(Our sweetest songs are those that tell of saddest thoughts)；"真正的诗歌只出于深切苦恼所炽燃着的人心"(und es kommt das echte Lied / Einzig aus dem Menschenherzen, / Das ein tiefes Leid durchgluht)；"最美丽的诗歌就是最绝望的，有些不朽的篇章是纯粹的眼泪"(Les plus désespérés sont les chants les plus beaux. / Et j'en sais d'immortels qui sont de purs sanglots)⑬。有位诗人用散文写了诗论,阐明一切"真正的美"(true Beauty)都必然染上"忧伤的色彩"(this certain taint of sadness),"忧郁是诗歌里最合理合法的情调"(Melancholy is thus the most legitimate of all the poetical tones)⑭。近代一位诗人认为"牢骚"(grievances)宜于散文,而"忧伤(griefs)宜于诗","诗是关于忧伤的奢侈"(poetry is an extravagance about grief)⑮。上文提到尼采和弗洛伊德。称赏尼采而不赞成弗洛伊德的克罗齐也承认诗是"不如意事"的产物(La poesia, come è stato ben detto, nasce dal "desiderio insoddisfatto")⑯;佩服弗洛伊德的文笔的瑞士博学者墨希格(Walter Muschg)甚至写了一大本《悲剧观的文学史》证明诗常出于隐蔽着的苦恼(fast immer, wenn auch oft verhüllt, eine Form des Leidens)⑰,可惜他没有听到中国古人的议论。

没有人愿意饱尝愁苦的滋味——假如他能够避免;没有人不愿意作出美好的诗篇——即使他缺乏才情;没有人不愿意取巧省事——何况他并不损害旁人。既然"穷苦之言易好",那末,要写好诗就要说"穷苦之言"。不幸的是,"憔悴之士"才会说"穷苦之言";"妙诀"尽管说来容易,"销魂与断肠"的滋味并不好受,而且机会也其实难得。冯舒"尝诵孟襄阳诗'不才明主弃,多病故人疏',云:'一生失意之诗,千古得意之句'"(顾嗣立《寒厅诗话》)。白居易《读李杜诗集因题卷后》:"不得高官职,仍逢苦乱离;暮年逋客恨,浮世谪仙悲。……天意君须会,人间要好诗。"作出好诗,得经历卑屈、乱离等愁事恨事,"失意"一辈子,换来

"得意"诗一联,这代价可不算低,不是每个作诗的人所乐意付出的⑱。于是长期存在一个情况:诗人企图不出代价或希望减价而能写出好诗。小伙子作诗"叹老",大阔佬作诗"嗟穷",好端端过着闲适日子的人作诗"伤春"、"悲秋"。例如释文莹《湘山野录》卷上评论寇准的诗:"然富贵之时,所作皆凄楚愁怨。……余尝谓深于诗者,尽欲慕骚人清悲怨感,以主其格。"这原不足为奇;语言文字有这种社会功能,我们常常把说话来代替行动,捏造事实,乔装改扮思想和情感。值得注意的是:在诗词里,这种无中生有(fabulation)的功能往往偏向一方面。它经常报忧而不报喜,多数表现为"愁思之声"而非"和平之音",仿佛鳄鱼的眼泪,而不是《爱丽斯梦游奇境记》里那条鳄鱼的"温和地微笑嘻开的上下颚"(gently smiling jaws)。我想起刘禹锡《三阁词》描写美人的句子:"不应有恨事,娇甚却成愁。"传统里的诗人并无"恨事"而"愁",表示自己才高,正像传统里的美人并无"恨事"而"愁",表示自己"娇多"⑲。李贽读了司马迁"发愤所为作"那句话,感慨说:"由此观之,古之贤圣不愤则不作矣。不愤而作,譬如不寒而颤、不病而呻也。虽作何观乎!"(《焚书》卷三《〈忠义水浒传〉序》)"古代"是召唤不回来的,成"贤"成"圣"也不是一般诗人愿意和能够的,"不病而呻"已成为文学生活里不可忽视的事实。也就是刘勰早指出来的:"心非郁陶,……此为文而造情也"(《文心雕龙·情采》);或范成大嘲讽的:"诗人多事惹闲情,闭门自造愁如许"(《石湖诗集》卷一七《陆务观作〈春愁曲〉,悲甚,作此反之》)⑳:恰如法国古典主义大师形容一些写挽歌(élégie)的人所谓:"矫揉造作,使自己伤心。"(qui s'affligent par art)㉑南北朝二刘不是说什么"蚌病成珠"、"蚌蛤结疴而衔珠"么?诗人"不病而呻",和孩子生"逃学病",要人生"政治病",同样是装病、假病。不病而呻包含一个希望:有那么便宜或侥幸的事,假病会产生真珠。假病能不能装来像真,假珠子能不能造得乱真,这也许要看各人的本领或艺术。诗曾经和形而上学、政治并列为三种哄人的顽意儿(die drei Täuschungen)㉒,不是完全没有原因的。当然,作诗者也在哄自己。

我只想举四个例。第一例是一位名诗人批评另一位名诗人。张耒取笑秦观说:"世之文章多出于穷人,故后之为文者喜为穷人之辞。秦子无忧而为忧者之辞,殆出于此耶?"(《张右史文集》卷五一《送秦观从苏杭州为学序》)第二例是一位名诗人的自白。辛弃疾《丑奴儿》词承认:"少年不识愁滋味,爱上层楼,爱上层楼,为赋新诗强说愁。而今识尽愁滋味,欲说还休,欲说还休,却道天凉好个秋。"上半阕说"不病而呻"、"不愤而作";下半阕说出了人生和写作里另一种情况,缄默——不论是说不出来,还是不说出来——往往意味和暗示着极("尽")厉害的"病"痛,极深切的悲"愤"。第三例是陆游《后春愁曲》,他自己承认:"醉狂戏作《春愁曲》,素屏纨扇传千家。当时说愁如梦寐,眼底何曾有愁事!"(《剑南诗稿》卷一五)——就是范成大笑他"闭门自造愁"。第四例是一个姓名不见经传的作家的故事。有个李廷彦,写了一首百韵排律,呈给他的上司请教,上司读到里面一联:"舍弟江南没,家兄塞北亡!"非常感动,深表同情说:"不意君家凶祸重并如此!"李廷彦忙恭恭敬敬回答:"实无此事,但图属对亲切耳。"这事传开了,成为笑柄,有人还续了两句:"只求诗对好,不怕两重丧。"(陶宗仪《说郛》卷三二范正敏《遯斋闲览》、孔齐《至正直记》卷四)显然,姓李的人根据"穷苦之言易好"的原理写诗,而且很懂诗要写得具体有形象,心情该在实际事物里体现(objective correlative)。假如那位上司没有关心下属、当场询问,我们这些深受实证主义(positivism)影响的后世研究者,未必想到姓李的在那里"无忧而为忧者之辞"。倒是一些普通人看腻而也看破了这种风气或习气的作品。南宋一个"蜀妓"写给她情人一首《鹊桥仙》词:"说盟说誓,说情说意,动便春愁满纸。多应念得'脱空经',是那个先生教底?"(周密《齐东野语》卷一一)"脱空"就是虚诳、撒谎㉓。海涅的一首情诗里有两句话,恰恰可以参考:"世上人不相信什么爱情火焰,只认为是诗里的词藻。"(Diese Welt glaubt nicht an Flammen,/und sie nimmt's für Poesie)㉔"春愁"、"情焰"之类也许是作者"姑妄言之",读者往往只消"姑妄听之",不必碰上"脱空经",也死心眼地看作纪实录。当然,"脱空经"的花样繁多,不仅是许多抒情诗文,譬如有些忏悔录、回忆录、游记甚至于国史,也可以归入这个范畴。

我开头说,"诗可以怨"是中国古代的一种文学主张。在信口开河的过程里,我牵上了西洋近代。这是很自然的事。我们讲西洋,讲近代,也不知不觉中会远及中国,上溯古代。人文科学的各个对象彼此系连,交互映发,不但跨越国界,衔接时代,而且贯串着不同的学科。由于人类生命和智力的严峻局限,我们为方便起见，只能把研究领域圈得愈来愈窄，把专门学科分得愈来愈细。此外没有办法。所以，成为某一门学问的专家，虽在主观上是得意的事，而在客观上是不得已的事。"诗可以怨"也牵涉到更大的问题。古代评论诗歌，重视"穷苦之言"，古代欣赏音乐，也"以悲哀为主"㉖；这两个类似的传统有没有共同的心理和社会基础？悲剧已遭现代"新批评家"鄙弃为要不得的东西了㉖，但是历史上占优势的理论认为这个剧种比喜剧伟大㉗；那种传统看法和压低"欢愉之词"是否也有共同的心理和社会基础？一个谨严安分的文学研究者尽可以不理会这些问题，然而无妨认识到它们的存在。在认识过程里，不解决问题比不提出问题总还进了一步。当然，否认有问题也不失为解决问题的一种痛快方式。

注

① 《扎拉图斯脱拉如是说》(*Also Sprach Zarathustra*)第4部13章，许来许太(K. Schlechta)编《尼采集》(1955)第2册527页。

② 参看赵翼《瓯北诗钞》七言律三《闻心余京邸病风却寄》之二："木有文章原是病，石能言语果为灾"；龚自珍《破戒草》卷下《释言》："木有彣彰曾是病，虫多言语不能天。"普鲁斯脱的小说里谈起创作，说："想像和思想都可能是良好的机器、但也可能静止不转，痛苦也推动了它们"(L'imagination, la pensée peuvent être des machines admirables, mais elles peuvent être inertes. La Souffrance alors les met en marche. ... *Le Temps retrouvé*, III, "La Pléiade", vol. III, p. 908)；这也许是用现代机械化语言为"激通"所作的好比喻。

③ 墨希格(Walter Muschg)《悲剧观的文学史》(*Tragische Literaturgeschichte*)3版(1957)415页引了这两个例。

④ 《论浪漫派》(*Die Romantische Schule*)2卷4节，《海涅诗文书信合集》(东柏林，1961)第5册98页。

⑤ 《诗的名称和性质》(*The Name and Nature of Poetry*),卡特(J.Carter)编《豪斯门散文选》(1961)194页。豪斯门紧接着说自己的诗都是"健康欠佳"时写的;他所谓"自然的"就等于"健康的,非病态的"。加尔杜齐(Giosuè Carducci)痛骂浪漫派把诗说成情感上"自然的分泌"(secrezione naturale),见布赛托(N.Busetto)《乔稣埃·加尔杜齐》(1958)492页引;他所谓"自然的"等于"信手写来的,不经艺术琢磨的"。前一意义上"不自然的(病态的)分泌"也可能是后一意义上"自然的(未加工的)分泌"。

⑥ 参看《管锥编》(三)135—139页。

⑦ 弗洛伊德《全集》(伦敦,1950)第14册355又433页。卡夫卡(Franz Kafka)日记说自己爱慕一个女演员,要称心偿愿(meine Liebe zu befriedigen),只有通过文学或者同眠共宿(Es ist durch Literatur oder durch den Beischlaf möglich.—*Tagebücher* 1910—1923,ed.M.Brod,S.Fischer,1949,p.146)。我不知道是否有人引过这句话作为弗洛伊德理论的最干脆的实例。

⑧ 参看《管锥编》(三)608—610页。

⑨ 参看沈作喆《寓简》卷四、洪迈《容斋随笔》卷四、钱大昕《潜研堂文集》卷二六《李南涧诗序》、谢章铤《藤阴客赘》。

⑩ 利奥巴尔迪(Leopardi)《感想杂志》(*Zibaldone di Pensieri*),弗洛拉(F.Flora)编注本5版(1957)第1册100页。

⑪ 参看拉可夫(G.Lakoff)与约翰逊(M.Johnson)合著《咱们赖以生活的比喻》(*Metaphors We Live By*)(1980)15页"快乐上向,忧愁下向"(Happy is up; sad is down)又18页"快乐宽阔,忧愁狭隘"(Happy is wide; sad is narrow)诸例。

⑫ 歌德为孟贝尔(J.Ch.Mämpel)自传所作序文,辛尼尔(G.F.Senior)与卜克(C.V.Bock)合选《批评家歌德》(*Goethe the Critic*)(1960)60页。参看海涅《歌谣集》(*Romancero*)卷二卷头诗那一首《幸福是个浮浪女人》(*Das Glück ist eine leichte Dirme*)《诗文书信合集》第2册79页。

⑬ 雪莱《致云雀》(*To a Skylark*);凯尔纳(Justinus Kerner)《诗》(*Poesie*);缪塞(Musset)《五月之夜》(*La Nuit de Mai*)。

⑭ 爱伦坡(Edgar Allan Poe)《诗的原理》(*The Poetic Principle*)和《写作的哲学》(*The Philosophy of Comoposition*),《诗歌及杂文集》(牛津,1945)177又195页。

⑮ 弗罗斯特(Robert Frost)《罗宾逊(E.A.Robinson)诗集序》又《论奢侈》(*On Extravagance*),普利齐特(William H.Pritchard)《近代诗人评传》(*Lives of the Modern Poets*)(1980)129又137页引。

⑯ 《诗论》(*La Poesia*)5 版(1953)158 页。

⑰ 《悲剧观的文学史》16 页。

⑱ 参看济慈给莎拉·杰弗莱(Sarah Jeffrey)的信:"英国产生了世界上最好的作家(the English have produced the finest writers in the world),一个主要原因是英国社会在他们生世时虐待了他们(the English World has ill-treated them during their lives)。"见济慈《书信集》(*Letters*),洛林斯(H.E.Rollins)辑注本(1958)第 2 册 115 页。

⑲ 吴曾《能改斋漫录》卷一六引王辅道《浣溪沙》:"娇多无事做凄凉",就是刘禹锡的语意。

⑳ 范成大诗说"多事",王辅道词说"无事",字面相反,而讲的是一回事;参看《管锥编》(一)323—331 页。

㉑ 布瓦洛(Boileau)《诗法》(*L'Art poétique*)2 篇 47 行。

㉒ 让·保尔(Jean Paul)《美学导论》(*Vorschule der Aesthetik*)第 52 节引托里尔特(Thomas Thorild)的话,《让·保尔全集》(慕尼黑,1965)第 5 册 193 页。

㉓ 与"梢空"同意。"经"是佛所说,有"经"必有佛;《宣和遗事》卷上宋徽宗对李师师就说:"岂有浪语天子脱空佛?"

㉔ 海涅《新诗集》(*Neue Gedichte*)35 首,《诗文书信合集》第 1 册 230 页。

㉕ 参看《管锥编》(三)154—157 页。

㉖ 例如罗勃-格理叶(Alain Robbe-Grillet)《新派小说倡议》(*Pour un nouveau roman*)(1963)55 页引巴尔脱(Roland Barthes)的话,参看 66—67 页。

㉗ 黑格尔也许是重要的例外,他把喜剧估价得比悲剧高;参看普罗阿(S.S.Prawer)《马克思与世界文学》(*Karl Marx and World Literature*)(1976)270 页自注 99 提示的那两节。费歇尔(F.T.Vischer)也认为喜剧高于悲剧,是最高的文学品种,参看威律克(R.Wellck)《现代批评史》(*A History of Modern Criticism*)第 3 册(1965)220 页。

汉译第一首英语诗《人生颂》
及有关二三事*

勃特勒(Samuel Butler)记载他碰见一个意大利男孩子,那孩子问他:"你们英国人准把郎费罗(Longfellow)的诗读得很多吧?"他答:"不,我们不怎么读他的诗。"那孩子诧异道:"那是什么缘故呢?他是一个很漂亮的诗人(a very pretty poet)呀!"①这位惯持异见的作家显然过低估计了他本国人的阅读范围——或者说,过高估计了他们的鉴别水平。桑塔亚那(George Santayana)旅游伦敦,到处碰上一些半老不老的单身女士,简直躲避不了(the inevitable solitary elderly ladies)。有一位和他同席,向他大讲郎费罗的诗在英国受人热爱,"家喻户晓"(a household poet),正不亚于在美国②。这两节不大有人注意的掌故都流露出对郎费罗的轻蔑,然而也恰恰证明他真说得上名扬外国,妇稚皆知。那些外国里也包括我们中国。郎费罗最传诵一

---

* 这原是我三十五年前发表过的一篇用英语写的文章,我当时计划写一本论述晚清输入西洋文学的小书,那篇是书中片段。张隆溪同志找到了,建议译为中文。我就根据原来的大意重写。香港《抖擞》1982 第 1 期、北京大学《国外文学》1982 第 1 期、《新华文摘》1982 第 4 期都刊登过。这是改定本。

时的诗是《人生颂》(*A Psalm of Life*);他的标准传记里详述这首诗轰动了广大的读众,产生了深刻的影响,列举事实为证,例如一个美国学生厌世想自杀,读了《人生颂》后,就不寻短见,生意满腔③。对于这些可夸耀的事例,不妨还添上一项:《人生颂》是破天荒最早译成汉语的英语诗歌。在一切外语里,我国广泛和认真学习得最早的是英语。正像袁枚的孙子所说:"中土之人莫不以英国语言为'泰西官话',谓到处可以通行。故习外国语言者皆务学英语,于是此授彼传,家弦户诵。近年以来,几乎举国若狂。"④《人生颂》既然是译成汉语的第一首英语诗歌,也就很可能是任何近代西洋语诗歌译成汉语的第一首。这首诗有中文译本,郎费罗是知道的。他是否觉察到在中国引进西方文学的历史上,他比同用英语写诗的莎士比亚远远领先,也比他自己翻译的但丁远远领先?假如觉察到了,他有何感想?这些都可以引起猜测而也许不值得考究。

一八六四年九月英国人福开森(Robert Ferguson)拜访郎费罗,后来在他的《战时和战后的美国》(*America during and after the War*)里叙述了他愉快的回忆。他描写诗人的书斋:"书桌上摊着赠送来的各国语文书籍——是的,甚至有中国语文。中国人别出心裁,跟我们做法不同;他们的赠书是扇子形,上写《人生颂》的译文,出于一位'华国'诗人(a poet of the Flowery Land)的手笔。假如他的译文能和他的书法一样好,那就真是佳作了。"⑤郎费罗一八六五年十一月三十日日记也说:"邀蒲安臣夫妇饭;得中国扇,志喜也(in honor of the Chinese

Fan)。扇为中华一达官（mandarin）所赠，上以华文书《人生颂》。"⑥蒲安臣（Anson Burlingame）原是美国驻华公使，任满以后，清廷根据"楚材晋用"和"谏逐客"的经典原则，聘请他为中国钦差大臣，出使外国（其中有他的本国）；同治六年（一八六七）他率领一满一汉两个副使，"赍国书前往西洋有约各国办理中外交涉事件"⑦。那位"华国诗人"、"中华达官"是谁，福开森和郎费罗都没有交代；《郎费罗传》增订版的《附录》里说他是"Jung Tagen"⑧，仿佛音译"容大人"三字。下文要引的《人生颂》译文和那把"官老爷扇子"（mandarin fan）上面写的是一是二，有机会访问美国而又有兴趣去察看郎费罗的遗物的人很容易找到答案。我只想举出中国书籍里关于郎费罗和《人生颂》的最早文献。

方濬师的《蕉轩随录》刊于同治十一年（一八七二），在他脱离总理各国事务衙门之后四年⑨；据他到广东后给老上司董恂的信看来，他"粤行"以前已写就那部书的初稿⑩。《蕉轩随录》卷十二有标题《长友诗》一条。先把这一条的开首和结尾录出，加以申说，然后把郎费罗诗原文和"长友诗"并列，便于对照。

> 后汉时莋都夷作《慕化归义诗》三章，犍为郡掾田恭讯风俗，译辞语，梁州刺史朱辅上之。《东观汉记》载其歌，并重译训诂为华言，《范史》所载是也，注则本之《东观》所录夷语[诗从略]。按原作多不可晓，故《范史》谓"远夷之语，辞意难正，草木异种，鸟兽殊类"也。英吉利使臣威妥玛尝译欧罗巴人长友诗九首，句数或多或少，大约古人长短篇耳；

然译以汉字,有章无韵。请于甘泉尚书,就长友底本,裁以七言绝句。尚书阅其语皆有策励意,无碍理者,乃允所请。兹录之,以长友作分注句下,仿注《范书》式也。徼外好文,或可为他日史乘之采择欤。诗曰[诗从略]。按道光间西洋人汗得能汉语,略解《鲁论》文义,介通事杨某谒高要苏赓堂河帅廷魁,河帅示以诗云:"宣尼木铎代天语,一警愚聋万万古。圣人御世八荒集,同文远被西洋贾。……岛夷怀德二百年,楼馆鳞比城西偏。中朝不改《旅獒》册,绝域应焚'亚孟'编(彼国经文)。"孔子作《春秋》,诸侯用夷礼则夷之,夷而进于中国则中国之。读尚书及河帅之诗,可以见两公之用心矣。

"孔子作《春秋》"那几句,是韩愈《原道》里的名言。我猜想"亚孟"是基督徒祈祷时的公式语"amen"。《乐德·慕德·怀德歌》采入《后汉书·南蛮西南夷列传》,就是方濬师所说《范史》;在"洋务"和"中外交涉"还没有出现的时代,学者举它为"外国文章可适于中夏"的著名例子⑪。威妥玛(Thomas Francis Wade)原是翻译官出身,据说 "破格"提升⑫,贵为驻华公使,居然不忘旧业。他是英国人,偏偏选择了美国郎费罗的诗,在意大利小孩子和英国老姑娘之外,可以又添一例。"甘泉尚书"是户部尚书董恂,扬州府甘泉县人。咸丰十一年(一八六一),清廷设立了"总理各国事务衙门",简称"总署",相当于外交部;"夫'外部'者,即'总署'也;英呼曰'佛林敖非司',译'佛林'[foreign]外国也,'敖非司'[office],衙门也"⑬。 总署开始成立,董恂就是一个主要领导人。他的文集里有同文馆教习美国人丁韪良(W.A.P.Martin)所译法律和自然科学书籍的序文⑭;那本法律书的序文说:"爰属定远方澍师删校一过。"方澍师自己也说:"《万国公法》,美国丁韪良所译,予与陈子敬、李叔彦、毛升甫三君,竭年余之力,为之删削考订。"⑮方澍师从总署一成立就进去当"章京",蒲安臣的两位副钦差志刚和孙家谷原是他的同僚⑯。《郎费罗传》在一八六四和一八六五年提起"官老爷扇",正是方澍师作董恂下属的年限以内。有没有"Tung Tajen"(董大人)误作"Jung Tagen"(容大人)的可能呢?大写 J 和大写 T 形近致误,毫不足怪。董恂诗集里只有应酬法国贵族的诗,没收进《长友诗》的译文⑰;方澍师的著作也早被遗忘,所以他那"可为他日史乘采择"的卑微愿望不料竟是渺茫的奢望。

在同治、光绪年间,方澍师要算熟悉洋务的开通人士了。今天,我们以后来居上的优越感,只觉得他的议论可笑。他既沿袭中国传统的民族自大狂,又流露当时有关外国的笼统观念。把这段话笺释一下,也许对那个消逝了的时代风气可以增进些理解。

最值得注意的是,方澍师讲翻译外国文学的用意恰恰把我们翻译外国文学的用意倒了个儿。按道理,翻译外国文学,目的是让本国人有所观摩借鉴,唤起他们的兴趣去欣赏和研究。方澍师的说法刚巧相反,翻译那首《长友诗》的"用心"是要"同文远被",引诱和鼓励外国人来学中国语文,接受中国文化,"夷而进于中国则中国之"。正像光绪初年,那位足智多能的活动家金安清就想在上海创办一个"同伦书院",挑选"东西洋大国里的秀颖之士,使之自行束脩,谒吾徒而来,请读中国之书焉,受中国之业焉。……出幽谷而迁乔木,……化彼而为我"⑱。方濬师对政法、科技等外国书籍的翻译,显然不存此想,另眼看待,另案办理;譬如他删校《万国公法》,绝非为了引导外国人"进于中国",来遵奉《大清律例》。这种区别对待的文化模式并不独特,例如西方中世纪有并立和对立的"双重真理"(twofold truth)——"来自启示的真理"和"得自推理的真理",现代也有所谓"两种文化"(two cultures)——"科学家文化"和"人文学家文化",据说苏联还区分"三类科学"(three sciences)⑲。它逐渐明朗化,就像黄遵宪和日本人谈话时说:"形而上,孔孟之论至矣;形而下,欧米之学尽矣";又在著作里写道:"吾不可得而变者,凡关于伦常纲纪者是也。吾可以得而变者,凡可以务财、训农、通商、惠工者皆是也。"⑳张之洞为学术二元论定下了一个流行公式:"新旧兼学:旧学为体,新学为用。"㉑大家承认自然和一部分社会科学是"泰西"的好,中国该向它学,所以设立了"同文馆";同时又深信文学、道德哲学等是我们家里的好,不必向外国进口,而且外国人领略到这些中国东西的高妙,很可能归化,"入我门来",所以也应该来一个"同伦书院"。翻译外国作品能使外国作家去暗投明,那把诗扇仿佛是钓饵,要引诱郎费罗向往中国。送的人把礼物当钓饵,收的人往往认为进贡。看来,这一次"用心"枉费,扇子是白赔了。

方濬师说蛮"夷"是"鸟兽殊类",所以"语不可晓"。这句话在中国有悠久的传统,"鸟语"早成为"蛮语"或"夷语"的同义词㉒。

他所引《后汉书》那篇传里《哀牢夷》节又说:"其母鸟语";传末《论》也说:"兽居鸟语之类";同书《度尚传》:"椎髻鸟语之人",章怀注:"谓语声似鸟也,《书》曰:'岛夷卉服'",王先谦《集解》引钱大昕说"岛"当作"鸟"。《魏书·僭晋司马叡传》:"巴蜀蛮獠,溪俚楚越,鸟声禽呼,言语不同";《宋书·良吏传》徐豁上表:"既遏接蛮俚,……又俚民皆巢居鸟语。"《周礼·秋官司寇》早规定"掌与鸟言"和"掌与兽言"的官该派"闽蛮"和"貊狄"去当㉓,正表示蛮夷和鸟兽是能彼此通话的㉔。黄遵宪提倡洋务和西学,然而他作诗时也忍不住利用传统说法;他在由日本赴美国的海船上,作了一首绝句:"拍拍群鸥逐我飞,不曾相识各天涯;欲凭鸟语时通讯,又恐华言汝未知。"㉕试把宋徽宗有名的《燕山亭》词对照一下:"凭寄离恨重重,这双燕、何曾会人言语!"㉖黄遵宪不写"人言汝未知",而写"华言汝未知",言外之意是鸥鸟和洋人有共同语言。吴仰贤在同治六年左右,写了一首诗,咏上海"洋泾浜"的"方言馆",那里"专聚汉人子弟,教以夷书夷语":"绛帐新悬讲舍成,虫书鸟篆斗纵横。生男要学鲜卑语,识得钩辀格磔声。"㉗"生男"句用《颜氏家训·教子》里的典故,"识得"句正指鸟语,出于李群玉《九子坂闻鹧鸪》:"正穿屈曲崎岖路,又听钩辀格磔声。"翁同龢曾记载一个读来发笑的情景:"诣总理衙门,群公皆集。未初,各国来拜年。余避西壁,遥望中席,约有廿余人,曾侯与作夷语,唧啾不已。"㉘"唧啾"、"唧唶"、"唧噍"都是古诗文里描写鸟声的象音。当时中国的出使人员很钦佩曾纪泽会"夷语":"袭侯于英、法二国语言皆能通晓,与其人会晤,彼此寒喧。"㉙英语也罢,法语也罢,到了对洋鬼子远而避之的翁同龢的耳朵里,只是咭咭呱呱、没完没了的鸟叫。话又得说回来,抱有这种偏见的不止中国古人。读过点西洋文学经典的人马上会想起,古希腊大喜剧家阿里斯托芬在名作《群鸟》里,就把野蛮人的言语说成唧啾的鸟叫㉚。十六世纪法国动物学家吉尔(Pierre Gilles)也说英国人讲话,在不懂的人听来,简直是鹅叫(si Britanni colloquentes anserum clangore fundere)㉛,而鹅是西方臭名昭著的"呆鸟"!

方濬师删订过美国人丁韪良的译稿,董恂和丁韪良很友好,丁氏的回忆录里有专节讲他㉜。但是,董、方两人都称郎费罗为"欧罗巴人"。想来威妥玛没向董恂说明,董恂也没向丁韪良提起译诗的事,居然那把诗扇——假如它的来头就是"董大人"而不是另一位"容大人"——竟会正确地送到美利坚的郎费罗手里!大约董恂当初误会,到送礼时,已经搞明白"长友"的国籍了,而方濬师恭录上司译文以后,以讹传讹,没去追究和追改。这笔糊涂账也多少表示,当时讲洋务的人对西洋的观念还含混不清,虽然不至于像有些顽固官僚那样的黑漆一团。汪康年曾有一条记载:"通商初,万尚书青藜云:'天下那有如许国度!想来只是两三国,今日称"英吉利",明日又称"意大利",后日又称"瑞典",以欺中国而已!'又满人某曰:'西人语多不实。即如英、吉、利,应是三国;现在只有英国来,吉国、利国从未来过。'"㉝当时人对欧洲远比对美国看重。美国的国际地位还不算很高,它的"显著的命运"(manifest destiny)还没有掐算出来,它还梦想不到第一次世界大战后列入"五强国",更不用提第二次世界大战后列入"两个超级大国"。它派驻英、俄、法、德的公使只是"二等使",和中国以及日本、秘鲁、暹罗、摩纳哥等的公使是一辈㉞。最近,爱好中国建筑的美国女财主布洛克·阿斯德夫人(Mrs Brooke Astor)在她的《脚印》(*Footprints*)里,还回忆起中国人称呼"美国佬"(a Yankee)为"二级英国人"(a second-chop Englishman)㉟。当年董恂听说到一个西洋人,而且是听英国人说的,首先就以为他是"欧罗巴人",这也在情理之中。至于威妥玛把郎费罗的姓不译音而译意,他也许照顾董恂不懂外语,避免佶屈聱牙。那种译法在威妥玛本国也曾有过。休谟(David Hume)有封信,就嘲笑一部讲古罗马宫廷的著作把人名地名都译意而不译音,例如意译艳体诗作者安塞尔(Anser)的名字为"小鹅先生(Mr Gosling)"㊱。李·亨特(Leigh Hunt)的一篇散文《音韵与意义》(Rhyme and Reason)里把意大利诗人托夸吐·塔索(Torquato Tasso)意译为"屈曲紫杉树"(Twisted Yew)㊲。兰姆(Charles Lamb)由法国向国内朋友写信,用法语署名:"你的卑下的仆人、羔羊一名兰姆。"(Votre humble serviteur Charlois Agneau alias C. Lamb) ㊳据说有一位和郎费罗没会过面的女士想像他是"瘦长个子"(a tall, thin man),又有一个小女孩儿瞧见一只长腿飞虫(daddylonglegs),赶着它叫"郎费罗先生!(Mr Longfellow!)"㊴她们正是顾名思义,都把"郎费罗"理解为"长人"或"长友"。

郎费罗原作	**威妥玛译文**	**董恂译诗**
Tell me not, in mournful numbers,	勿以忧时言	莫将烦恼著诗篇
Life is but an empty dream!	人生若虚梦	百岁原如一觉眠
For the soul is dead that slumbers,	性灵睡即与死无异	梦短梦长同是梦
And things are not what they seem.	不仅形骸尚有灵在	独留真气满坤乾
Life is real—life is earnest—	人生世上行走非虚	天地生材总不虚
And the grave is not its goal;	生也总期有用	
	何谓死埋方至极处	由来豹死尚留皮
Dust thou art, to dust returnest,	圣书所云人身原	纵然出土仍归土
Was not spoken of the soul.	土终当归土	
	此言人身非谓灵也	灵性常存无绝期
Not enjoyment, and not sorrow,	其乐其忧均不可专务	无端忧乐日相循
Is our destin'd end or way;	天之生人别有所命	天命斯人自有真
But to act, that each to-morrow	所命者作为专图日	人法天行强不息
Find us farther than to-day.	日长进	
	明日尤要更有进步	一时功业一时新
Art is long, and time is fleeting,	作事需时惜时飞去	无术挥戈学鲁阳
And our hearts, though stout and brave,	人心纵有壮胆远志	枉谈肝胆异寻常
Still, like muffled drums, are beating	仍如丧鼓之敲	一从薤露歌声起
Funeral marches to the grave.	皆系向墓道去	邱陇无人宿草荒
In the world's broad field of battle,	人世如大战场	扰扰红尘听鼓鼙
In the bivouac of Life,	如众军在林下野盘	风吹大漠草萋萋
Be not like dumb, driven cattle!	莫如牛羊无言待人驱策	驽骀甘待鞭笞下
Be a hero in the strife!	争宜努力作英雄	骐骥谁能辔勒羁
Trust no Future, howe'er pleasant!	勿言异日有可乐之时	休道将来乐有时
Let the dead Past bury its dead;	既往日亦由已埋已	可怜往事不堪思
Act-act in the glorious present!	目下努力切切	只今有力均须努

Heart within, and God o'er head!	中尽己心上赖天祐	人力殚时天祐之
Lives of great men all remind us	著名人传看则系念	千秋万代远蜚声
We can make our lives sublime,	想我们在世亦可置身高处	学步金鳌顶上行
And, departing, leave behind us	去世时尚有痕迹	已去冥鸿亦有迹
Footsteps on the sands of time.	势如留在海边沙面	雪泥爪印认分明
Footsteps, that, perhaps another,	盖人世如同大海	茫茫尘世海中沤
Sailing o'er life's solemn main,	果有他人过海	才过来舟又去舟
A forlorn and shipwreck'd brother,	船只搁浅受难失望	欲问失帆谁挽救
Seeing, shall take heart again.	见海边有迹才知有可销免	沙洲遗迹可追求
Let us then be up and doing,	顾此即应奋起动身	一鞭从此跃征鞍
With a heart for any fate;	心中预定无论如何总有济期	不到峰头心不甘
Still achieving, still pursuing,	日有成功愈求进功	日进日高还日上
Learn to labor and to wait.	习其用工坚忍不可中止	肯教中道偶停骖

威妥玛的译文不过是美国话所谓学生应付外语考试的一匹"小马"(pony)——供夹带用的逐字逐句对译。董恂的译诗倒暗合赫尔德(Johann Gottfried Herder)的主张:译者根据、依仿原诗而作出自己的诗(nachdichten, umdichten)⑩。不幸的是,他根据的并非郎费罗的原诗,只是威妥玛词意格格不吐的译文——媒介物反成障碍物,中间人变为离间人。关于译诗问题,近代两位诗人讲得最干脆。弗罗斯脱(Robert Frost)给诗下了定义:诗就是"在翻译中丧失掉的东西"(What gets lost in translation)⑪。摩尔根斯特恩(Christian Morgenstern)认为诗歌翻译"只分坏和次坏的两种"(Es gibt nur schlechte Uebersetzungen und weniger schlechte)⑫,也就是说,不是更坏的,就是坏

的。一个译本以诗而论,也许不失为好"诗",但作为原诗的复制,它终不免是坏"译"。像威妥玛和董恂的《长友诗》,"诗"够坏了,"译"更坏,或者说,"译"坏而"诗"次坏。诗坏该由董恂负责,译坏该归咎于威妥玛。威妥玛对郎费罗原作是了解透彻的,然而他的汉语表达力很差。词汇不够,例如"art"不译为"艺业"、"术业"而译为"作事";句法不顺不妥,有些地方甚至不通费解,例如"由已埋已"(Let the dead Past bury its dead),"看则系念"(remind us)。为使意义明白,他添进了阐释,例如"人生世上行走非虚生也"(Life is real),也多此一举。懂英语的人看出这匹"小马"表现得相当驯服听话,而董恂可怜不懂英语,只好捧着生硬以至晦涩的汉译本,捉摸端详,误会曲解。单凭这篇译文,我们很容易嘲笑那位在中国久住的外交官、回英国主持汉文讲座的大学教授。不过,汉语比英语难学得多;假如我们想想和他对等的曾纪泽所写离奇的《中西合璧诗》,或看看我们自己人所写不通欠顺的外语文章,就向威妥玛苛求不起来了。董恂的译诗还能符合旧日作诗的起码条件,文理通,平仄调(第七首里"已去冥鸿亦有迹"的"亦"字多分是"犹"字之误),只是出韵两次。第二首把"六鱼"的"虚"字和"四支"的"皮"字、"期"字通押,幸而"虚"字在首句,近体诗容许所谓"孤雁入群";第五首把"四支"的"羁"字和"八齐"的"萋"字、"鼙"字通押,"羁"字又在尾句,按那时的标准,就算是毛病了。

  第一节第一句"勿以忧时言"的"时"字一定是抄错或印错了的"诗"字;威妥玛不但没有译错,而且没有写错,所以董恂也说

"莫将烦恼著诗篇"。威妥玛的译文加上新式标点:"勿以忧诗言:'人生若虚梦'",正确地转述了郎费罗的原意,只是"忧诗"二字生涩难懂;"人生若虚梦"是"忧诗"所"言"的内容,发这种"言"的"诗"是要不得的("勿以")。董恂没理会这两行是一句里的主语和次语,把威妥玛的译文改写为平行对照的两句:"莫将烦恼著诗篇,百岁原如一觉眠。"还接上第三句说"同是梦",完全反背了原意。原意是:人生并非一梦,不应该抱悲观;董恂说:人生原是一梦,不值得去烦恼。最经济的局部纠正办法也许是改换两个字:"百岁休言一觉眠。"只是紧跟着"莫将",语调又太重复了。第四节里心和丧鼓的比喻可能脱胎于十七世纪亨利·金(Henry King)的悼友名作(My pulse, like a soft drum,/Beats my approach, tells thee I come)㊸;波德莱尔(Baudelaire)很赏识它,从郎费罗那里几乎原封不动地搬它进自己诗里(Mon coeur, comme un tambour voilé / Va battant des marches funèbres)㊹。英、法语可用同一字(beat, battre)表达心的怦怦"跳"和鼓的砰砰"敲",郎费罗和波德莱尔都不费气力,教那个字一身二任。汉语缺乏这个方便,威妥玛只能译一字相贯为两事相比:"人心如丧鼓之敲。"董恂索性把"心"和"鼓"都抛开了。第五节里的比喻曾遭一度著名的语文教授郎士伯利(Thomas R. Lounsbury)指摘,他认为:在战场上的"斗争"(strife)里,该"作英雄",这话说得有道理,但是在露宿营(bivouac)里会有同样的"斗争",也得抢"作英雄",这话说不过去㊺。威妥玛的译文把这个语病含糊带过,因为他译成"争宜努力作英雄",就仿佛郎费罗原句不是"Be a hero in the strife",而是"Strive to be a hero";"争宜"也很不妥,至少得倒过来为"宜争",文言这里的"争"等于白话的"怎","怎宜"是反诘或慨叹的语气了。董恂的诗笔把战场、露营一扫而光,使"牛羊"变为"驽骀"——"劣马"、"疲弱的马",使"英雄"变为不受"羁"的"骐骥"——另一意义的"劣马"、顽强的马。第六节里原作对照了"死的过去"和"活的现在";在"新名词"大量流入以前,文言很难达出这个"成双的对立"(binary opposition)。晚明以来有句相传的名言:"以前种种,譬如昨日死,以后种种,譬如今日生。"但在汉语里,"死昨"、"生今"终是过不去的词组——当然,对中国语文享有治外法权的洋人、半洋人们尽可以那样说和写。文言里兼指过去与死亡的常用字是"逝"和"故",只是"故"的天然配偶是"新","逝"的天然配偶是"留",都不是"生";而且搭配上"新"和"留","逝"和"故"涵有的死亡意义就冲淡甚至冲掉。威妥玛也许尊重当时的语言习惯,只译为"既往日"、"目前",而不译为"既死之往日"、"方生之当前"。他忽略了一点,既然"死"已省去,"埋"又从哪里说起呢?无怪董恂干脆把"埋"也精简掉。在董恂诗里,"将来"、"往"、"今"三个时态平列得清清楚楚;相形之下,威妥玛译文的"异日"、"往日"、"目下"就欠匀称,我不知道他为什么不用"今日"来代替"目下"。第七、八节海滩沙面留下脚印的比喻也引起疑问。关汉卿《玉镜台》第二折里男角看见女角在"沙土上印下的脚踪儿",就说:"幸是我来的早!若的来的迟呵,一阵风吹了这脚踪儿去。"印在海滩沙面上的痕迹是更短暂、更不耐久的。十六、七世纪欧洲抒情诗里往往写这样的情景:仿佛《红楼梦》第三十回椿龄画"蔷",一男或一女在海滩沙面写上意中人的名字,只是倏忽之间,风吹(un petit vent)浪淘(the waves, l'onde),沙上没有那个字,心上或世上也没有那个人了[46]。英语经典里最有名的海滩脚印也许是鲁宾逊勘探荒岛时所发见的,他吓得心惊肉跳,竟以为是魔鬼搞的把戏,要不然,沙上的痕迹是保留不住的,风吹海涨,早消灭得无影无踪(entirely defaced)[47]。在《潮上、潮退》(*The Tide Rises, the Tide Falls*)那首小诗里,郎费罗自己写"海浪用柔白的手,抹掉沙上的脚印"(The little waves, with their soft white hands,/Efface the footprints in the sands);在他这首诗里,沙滩脚印却有点儿像咱们苏州灵岩山石上古代美人西施留下的巨大脚印了。董恂诗里借用苏轼《和子由渑池怀旧》的名句,也很现成,但他忘了上文该照顾到下文。"痕迹留在海边沙面",虽然煞费辩解,却和下文"见海边有迹才知有可解免"语脉一贯相承。"雪泥爪印认分明"和"沙洲遗迹可追求"就对不上口。一来雪泥鸿印和沙洲人迹绝然是两回事;二来泥印是"认分明",不用寻寻觅觅,沙迹是"可追求",等于"待追求即可发现"。是不是理解为"可据以作进一步追求"呢?那得改"可"为"足"才行。

董恂不过译了一首英语诗,译笔又不好,但是我们只得承认——尽管已经忘记——他是具体介绍近代西洋文学的第一人。和他相熟的中国通帕克(H.E.Parker)在回忆录里没提起他翻译郎费罗的事,只讲他干了一桩我们现在还得惊讶为规模弘大的翻译工作。"董恂是一位名诗人(a renowned poet),威妥玛爵士一下子就把他的诗火(sacred fire)点着了;我相信北京社会都曾忍受过他的《哈罗而特公子》的译本"(I believe he has inflicted upon the Peking World a translation of "Childe Harold")⑱。就是说他译过拜伦的巨著。董恂虽有诗集,而且他那位扬州府同乡符葆森选过他的诗⑲,但在当时算不得诗人。不过,外国人看来,写几句诗的大官不用说是"名诗人"。帕克似乎承认他是诗人,只暗示他的翻译一定不好,读来只会受罪。威妥玛无疑曾引起董恂对英语诗歌的兴趣,《人生颂》的翻译正是"点着了他的诗火"的结果。然而董恂要译拜伦的行数那末多的长诗,得找人供给像《长友诗》那样的底稿,威妥玛未必有此功夫,更未必有此耐心和热忱,当时同文馆的学生也肯定没有足够的英语程度。所以,我怀疑董恂是否真有一部使他的同僚或下属硬着头皮、咬紧牙关去"忍受"的拜伦译稿。帕克的"相信"也许缺乏事实根据,至于他说董恂由威妥玛而接触西洋文学,那倒是有凭有据的。我们看到的只是他译的郎费罗,他很可能又听说起拜伦或其他诗人。

董恂以相当于外交部当家副部长的身份,亲手翻译了西洋文学作品。中国最早到外国去的使节又都是在他主持下派出的。这就引起幻想,以为从此上行下效,蔚然成风,清廷的出使人员有机会成为比较文学所谓"媒介者"(intermediary),在"发播者"(transmitter)和"收受者"(receptor)之间,大起搭桥牵线的作用。何况那时候的公使和随员多数还不失为"文学之士",

对外国诗文不会缺乏猎奇探胜的兴味。我们来瞧罢。

在嘉庆八年（一八〇三）刊行的一部书里，缪艮发表了他的《四十二愿》，第十一愿是："出使外都，遍历异域。"[50]这个笔砚生涯的寒士可能是清代要出洋当外交官的第一人；远在鸦片战争以前，他已有那个欲望，真是时代的先驱者了！也许他正因为是穷愁潦倒的寒士，才梦想出洋。六十多年后，清廷开始派使节到西洋去，做官的人就是不"愿出使外都"。他们深怕钦差的纱帽落在自己头上，认为这趟差使非常危险，凶多吉少，不是在路上海洋里翻船淹死，就是到了外国给洋鬼子杀死或扣留。被派的人嘴里感戴天恩，心里暗暗叫苦叹晦气。我们只要看《儿女英雄传》第四十回安公子"高升"为乌里雅苏台参赞，"顶门上轰的一声，心不住的向上乱迸，泪如雨下"，同时"预备谢恩"，就大可以推类想像。慈禧太后金口玉音说过："这出洋本是极苦差事。"（郭嵩焘光绪二年七月十九日日记手稿）同治五年（一八六六）首次出使的钦差斌椿事毕归国，安抵天津，表示想不到竟能活着回来："自天外归来，重睹故乡景物，真有'生入玉门'之乐？"[51]同治六年第二次派使节，副使志刚到养心殿"叩谢圣主天恩"，皇太后问："汝有老亲否？"奏对："奴才父母皆已去世。"[52]一问一对只两句话，言外之意却很丰富。出洋是九死一生的勾当，而中国"以孝治国"，主子少不了口头照顾一下"父母在，不远游"的古训；至于"奴才"的老婆和孩子是否会成为寡妇孤儿，那就管不尽许多了。光绪二年（一八七六）郭嵩焘出使英、法，这位自负通晓洋务的维新派碰上好机会了，而心境似乎并不舒畅；他动身前自比出塞的王昭君,任满回国后自比入玉门关的班超:"汉宫何缘嫁娉婷!泪珠飞堕鸳鸯屏。丰容靓饰不自媚,莫怨远弃单于庭";"投荒已分无归日,何意生还入玉门!"㊥光绪四年敕建上海天后宫,驻外公使和下属捐钱造成那所庙宇㊱,便于出使人员虔求有灵有验的天后娘娘,保佑他们无灾无难,好去好回;公使等出国前,到庙里许愿祈祷,回国后,到庙里还愿,上匾额,挂对联。光绪八年驻德使馆随员钱德培发了一通感慨,坦白说出心里话:"王子聪茂才……病殁馆中。……王君蔼然仁者,为养亲计,作异域游,不一年而赴召修文,可不死而死于医之不善治理,良可悲也!出洋之苦而人每视为畏途,于此益信。"㊲晚清直刮到现在的出洋热那股狂风并非一下子就猛得飞砂走石,"开洋荤"当初还是倒胃口的事。张祖翼曾在光绪十二年充当驻英公使刘瑞芬的随员,晚年回忆说:"郭嵩焘使英伦,求随员十余人,无有应者。岂若后来一公使奉命后,荐条多至千余哉!邵友濂随崇厚使俄国[光绪四年],同年饯于广和居,蒋绶珊户部向之垂泪,皆以此宴无异易水之送荆轲也。"㊳王昭君、班定远之外,又请出了荆轲,可能苏子卿、蔡文姬等典故也曾给人牵扯过。

　　除掉翻译官以外,公使、参赞、随员一般都不懂外语。他们就像王韬在英国时自叹的诗句所描画:"口耳俱穷惟恃目,喑聋已备虑兼盲。"自注:"来此不解方言,故云。"㊴他们运用"目"的范围实在也不很宽广。辜鸿铭讲过一个故事,结尾如下:"少年曰:'我不识字。'土财主骇问曰:'曩何以见若手不释卷,终日看书耶?'少年答曰:'我非看书,看书中之画耳。'噫!今中国王公大臣出洋考察宪政,亦可谓之出洋看洋画耳!"㊽为了日常需要,他们也学点儿外语,但大致不会超出"救命词汇"(survival kit)。语言的困难必然阻碍了对文学的领会,而且也竟抑止了对文学的好奇。他们中间多的是文人诗人或爱作诗文的人,最先出使的斌椿就是一位满洲小名士㊾。他"乘槎"出洋,不但到处赋诗卖弄,而且向瑞典"太坤"(王太后)献诗"为寿",据他自己说,他的诗"遍传海国";他的翻译官也恭维说:"斌公之诗传五洲,亦犹传于千古也。"㊿他的一卷《海国胜游草》比打油诗好不了许多;偶尔把外国字的译音嵌进诗里,像"弥思(自注:译言女儿也[miss])小字是安拿,明慧堪称解语花"○51,颇可上承高锡恩《夷闺词》,下启张祖翼《伦敦竹枝词》○52。不知道是否由于他"遍传海国"的诗名,后来欧洲人有了一个印象,"谓中国人好赋诗;数日不见,辄曰:'近日作诗必多矣!顷复作耶?'"○53公使里像郭嵩焘的诗和古文、张荫桓的诗和骈文,都不愧名家,薛福成的古文也过得去。曾纪泽作得很好的诗,又懂英语,还结合两者,用不通的英语翻译自己的应酬诗。参赞里的黄遵宪更是开派的大诗人,黎庶昌作古文不亚于薛福成。这些中国诗人文人仿佛"只扫自己门前雪",把隔了一垛语言墙壁的西洋诗文看成"他家瓦上霜",连捡起一点儿道听途说的好奇心都没有。倒是一个忌妒郭嵩焘文名的迂俗官僚,留下了几句绝无仅有的西洋诗话:"有以英语为诗者,句法长短不一,叶以音韵;男女子从事于此,往往汇稿成帙,号称'诗人'。"○54末两句语中带刺,所指可以不限于当时的英国"男女子"。不论是否诗人文人,他们勤勉地采访了西洋的政治、军事、工业、教育、法制、宗教,欣奋地观看了西洋的古迹、美术、杂耍、戏剧、动物园里的奇禽怪兽。他们对西洋科技的钦佩不用说,虽然不免讲一通撑门面的大话,表示中国古代也早有这类学问。只有西洋文学——作家和作品、新闻或掌故——似乎未引起他们的飘瞥的注意和淡漠的兴趣。他们看戏,也像看马戏、魔术把戏那样,只"热闹热闹眼睛"(语出《儿女英雄传》三十八回),并不当作文艺来观赏,日记里撮述了剧本的情节,却不提它的名称和作者。⑥⑤

有两个外交官,颇可作为代表性的例子。

一个是李凤苞。他的《使德日记》里有以下一节:

> 送美国公使美耶台勒之殡。……美国公法师汤谟孙诵诔曰:"美公使台勒君去年创诗伯果次之会。……以诗名,笺注果次诗集尤脍炙人口。"……按果次为德国学士巨擘,生于乾隆十四年。十五岁入来伯吸士书院,未能卒业。往士他拉白希习律,兼习化学、骨骼学三年。考充律师。著《完舍》书。二十三岁、萨孙外末公聘之掌政府。编纂昔勒诗以为传奇,又自撰诗词,并传于世。二十七岁游罗马、昔西里而学益粹。乾隆五十七年与于湘滨之战。旋相外末公,功业颇著。俄王赠以爱力山得宝星,法王赠以十大字宝星。卒于道光十二年⑥⑥。

美耶·台勒就是《浮士德》的著名译者(Bayard Taylor);果次一称俄特⑥⑦,正是歌德;《完舍》就是《少年维特》。李凤苞学过一些英语⑥⑧,所以把"歌德"、"维特"都读成英语的声音。歌德早在一七九〇年写的诗里自夸说,中国人用小心翼翼的手笔把"完舍"和情妇的形象画在玻璃上(auch sogar der Chinese/Malet, mit angstlicher Hand, Werthern und Lotten auf Glas)⁶⁹。假如真有其事,那末中国人就仿佛看竹不问主人,吃"盘中餐"而忘掉了"农家",对"完舍"的创造者一直无视或无礼地无知。李凤苞显然全不知道本国有过那种仕女画,但他总算知道了外国有过这位诗人⁷⁰。历来中国著作提起歌德,这是第一次;当时中国驻西洋外交官著作详述所在国的大诗人,这是惟一次,像郭嵩焘、曾纪泽、薛福成的书里都只字没讲起莎士比亚⁷¹。光绪七年,黎庶昌在西班牙当参赞,正碰上"加尔得陇"(Calderon)的"百年大会",受到官方邀请,礼该参加。他花了近二千字去描写仪式和节目,关于这位"才人",只说:"以能诗及善撰戏曲称,始为兵,继为日主召入宫中,作侍从之臣,终为教士",而且批评这次盛会:"竟是小题大做!"⁷²黎庶昌的轻藐的口吻,和李凤苞郑重看待歌德的态度,成为鲜明的对照。事实上,歌德还是沾了美耶·台勒的光,台勒的去世才给他机会在李凤苞的日记里出现。假如翻译《浮士德》的台勒不也是德国公使而又不在那一年死掉,李凤苞在德国再耽下去也未必会讲到歌德。假如歌德光是诗人而不也是个官,只写了"《完舍》书"和"诗赋",而不曾高居"相"位,荣获"宝星",李凤苞引了"谏"词之外,也未必会特意再开列他的履历。"纱帽底下好题诗"原是中国的一句老话(《镜花缘》十八回),手里这管笔占着头上那顶纱帽的便宜⁷³。现任的中国官通过新死的美国官得知上代的德国官,官和官之间是有歌德自己所谓"选择亲和势"(Wahlverwandtschaften)的。

另一位外交官是张德彝。他是"习英、美文出洋最先者",据说"从不以通洋务自炫"⑭。清廷初派外交使节,他就"躬逢其始"⑮;他出洋的次数最多,先后在外国住的年份最久。他精通英语,原是同文馆高才生,曾被选为光绪帝的英语教师⑯,在伦敦的集会上,"未经预备"而即席演讲,能博得"众齐声高呼'喜耶!喜耶![Hear!Hear!]'"⑰他既有运用外语的本领,又有遇事留心的习惯,对外国的制度、风俗、衣食住行,无不切实调查,详细记录⑱。当时的日本人都很佩服他的《四述奇》:"中人记西学,无出斯书之右者!……[以与日人《欧米回览记》照观],欧米万里,了如掌纹。"⑲甚至街巷的新事趣闻,他也谈得来头头是道,就只绝口不谈文学,简直像一谈文学,"舌头上要生碗大疔疮"似的。不,他也谈过文学:"英国有种小说,与我国《镜花缘》相同,亦谓有大人国、小人国,亦不言属何地。人皆以为妄言。按二十年前,英人司丹里自中斐洲之东界……向西直行,……而遇小人国,亦有酋长,遂名曰'皮戛米'[pygmies],译为矮也、短小也。"⑳所讲一定是《格利佛游记》。谁都知道那部书是讽世的"寓言",张德彝却说"人皆以为妄言",于是天真地找出人类学资料,证明它所"言"不"妄"。换句话说,它就像这位公使自己所写的一系列游记,是出洋"述奇",而不是漫天撒谎了。当他在伦敦写下这个幼稚意见时,一句洋文不懂、一辈子没出过洋的林纾和大学没毕业的魏易在中国正翻译《格利佛游记》呢。光绪三十二年林纾的《海外轩渠录》序文和光绪三十一年张德彝那节日记大可对读一下㉛。两人中谁比较了解西洋文学，我认为不难判断。

光绪八年(一八八二)四月有个不知姓名的人从日本横滨到美国旧金山去，留下了航程十六天的《舟行纪略》。作者没表明自己的身份，也没讲起旅行的目的；他出人意外地评论了郎费罗的诗，还把它和唐诗来较量。这也许是中国有关郎费罗最早的文评，和方濬师的《长友诗》时间上相去不到二十年，精神上隔离得真如老话所谓"不可以道里计"了。

[壬午四月]十一日。因雨不能船面远眺，遂随手取案头之书披阅。……为美国诗人龙飞露诗集，竟日观玩，颇得诗中佳趣。十二日。……船中有英国天主教士史编沙，适到闲谈。因问史君："龙飞露为美国诗人，至英国亦有诗人拜伦，均为欧人传诵。未审二子诗学孰优？"史君谓："二子以能诗名于时，难分伯仲。惟拜伦诗多靡曼之声，未得风雅之正。究不若龙飞露诗感慨激昂，雄健绝伦，淋漓尽致也。子以为然欤？"余谓龙诗中如《开窗》一诗与中国唐诗"人面不知何处去"相似。《炮局》二首则有"一将功成万骨枯"遗音；伤时之作，可为争地争城以战者当头一棒也。《漏沙》一首与"今人不见古时月，今月曾经照古人"，一同寄慨，其神致逼肖李青莲。按漏沙者，取埃及平原之沙注水作漏，以记时刻；夫埃及一境为欧洲诸国鼻祖，立国最古，此沙曾为西国先贤践踏，故龙君抚今思昔，感慨系之也。集中杰作甚多，未能枚举。长体由数百韵至数十韵，气如涌泉而明白畅晓，

想元、白亦视为畏友。闻龙君于数月前已作古人,或白玉楼成,亦须异才作序耶!⑫

现在看来,这段一百年以前的评论也许是老生常谈,却绝不是无知乱说。无论如何,会直接欣赏郎费罗而也会读唐诗——哪怕所举具体例子不出《唐诗三百首》,会读唐诗而也会直接欣赏外语诗——哪怕只是欣赏郎费罗,在一百年前(是否也在今天?)终是值得表扬的事。评论把郎费罗和拜伦并举,正如董恂曾译郎费罗,而人家传说他译拜伦,都表示拜伦的诗名那时也传到中国。可惜《舟行纪略》的作者是谁,无从查明。他似乎不知道"龙飞露"的诗早在"长友"名下输入中国了。

西洋的大诗人很多,第一个介绍到中国来的偏偏是郎费罗。郎费罗的好诗或较好的诗也不少,第一首译为中文的偏偏是《人生颂》。那可算是文学交流史对文学教授和评论家们的小小嘲讽或挑衅了!历史上很多——现在就也不少——这种不很合理的事例,更确切地说,很不合学者们的理想和理论的事例。这些都显示休谟所指出的,"是这样"(is)和"应该怎样"(ought)两者老合不拢⑬。在历史过程里,事物的发生和发展往往跟我们闹别扭,恶作剧,推翻了我们定下的铁案,涂抹了我们画出的蓝图,给我们的不透风、不漏水的严密理论系统搠上大大小小的窟窿。通常说"历史的教训",仿佛历史只是严厉正经的上级领导或老师;其实历史也像淘气捣乱的小孩子,爱开玩笑,捉弄人。有机会和能力来教训人,笑弄人,这是历史的胜利;很少人听取或听懂它的教训,几乎没有人注意和在意它的笑弄,那也是历史的——失败。

注

① 琼斯(H.F.Jones)编勃特勒《笔记》(*Notebooks*)(1912)264页。

② 桑塔亚那自传《人与地》(*Persons and Places*)第2册《中年》(*The Middle Span*)(1945)25页。

③ 塞缪尔·郎费罗(Samuel Longfellow)《郎费罗传》(1886)第1册271—272页,参看303页。郎费罗这首诗阻止了一个人自杀,传说歌德《少年维特的烦恼》导致了许多人自杀;我不知道是否有批评家从这个角度去衡量两位诗人。

④ 袁祖志《出洋须知》。他就是《二十年目睹之怪现状》六十六回里的"侯石翁的孙子侯翱初";他在光绪九年(1883)出洋后,发现英语并不"到处通行"。参看丁韪良(W.A.P.Martin)《中国六十年》(*A Cycle of Cathay*)(1897)316—317页记载光绪帝和王公大臣一窝蜂学英语(a rush to learn English)的趣事。

⑤ 《郎费罗传》第2册412页(1893增订版第3册43页)引。

⑥ 《郎费罗传》第2册429页(增订版第3册64页)引。

⑦ 他到了俄国,办事棘手,"抑郁愁闷",得病而死,没有能回北京交差。参看他的副使志刚《初使泰西纪要》同治九年正月二十四日日记。

⑧ 《郎费罗传》增订版第3册437页。

⑨ 方濬师《退一步斋诗集》卷三《粤行集》。他"粤行"做外官是在同治七年。

⑩ 《退一步斋文集》卷四《复董韫卿尚书书》。

⑪ 纪昀《纪文达公文集》卷九《耳溪诗集序》;参看《管锥编》(四)253—254页。

⑫ 刘锡鸿《英轺日记》:"查英国官例,……其外差者,翻译官仕至总领事而上。威妥玛由翻译升公使,系属破格,向来所无。"(《小方壶斋舆地丛钞》初编十一帙二册一九六页)

⑬ 张德彝《四述奇》光绪二年十二月初十日日记。

⑭ 董恂《荻芬书屋文稿》卷一《万国公法序》、《格物入门序》。

⑮ 《蕉轩随录》卷八《海洋纪略》。

⑯ 《蕉轩随录》卷三《四柏轩雅集启》。

⑰ 《荻芬书屋诗稿》卷四《春雪宴故法王孙》五律二首。董恂的同僚和下属大概都知道"长友诗"这回事。张德彝《再述奇》同治七年八月二十五日日记"晤合众诗人长友,年近六旬,著作高雅,颇著名于泰西",就打破了他一贯把外国人名音译的习

惯,而遵照本衙门上司所用的意译人名。

⑱ 俞樾《春在堂杂文·续编》卷五《金眉生廉访六十寿序》。"自行束脩"就是说没有奖学金,外国人得掏腰包付学费。

⑲ 参看《纽约书评》(*The New York Review of Books*)1978年10月12日版41页。

⑳ 冈千仞《观光纪游》明治七年八月一日日记;黄遵宪《日本国志·工艺志·序》。

㉑ 张之洞《劝学篇》下《设学》第三。似乎明末已有二元论的萌芽,这需要专篇考论。

㉒ 参看《管锥编》(四)193页。

㉓ 孙诒让《周礼正义》卷六九。举唐诗里一个有趣的例句,李贺《昌谷诗》"莺唱闽女歌",参看王琦《汇解》引钱饮光说。

㉔ 参看查理第五(Charles Quint)认为德国人和马语言相通;文学经典作品像列涅(J. Regnard)《迷糊人》(*Le Distrait*)三幕三场和斯威夫特(Swift)《格利佛游记》(*Gulliver's Travels*)四部三章都提到那句话(et suisse à des chevaux; to his horse in High Dutch)。

㉕ 《人境庐诗草》卷四《海行杂感》之十三。

㉖ 《全宋词》898页。

㉗ 吴仰贤《小匏庵诗存》卷六《洋泾竹枝词》之四。

㉘ 《翁文恭公日记》光绪十三年正月初十日。

㉙ 蔡钧《出使须知》。蔡钧懂一点英语,到西班牙("日斯巴尼亚")后,又学了些"日语"。丁韪良教过曾纪泽英语,《中国六十年》365页说曾的口语"流利而不合文法"(fluent but ungrammatical)。

㉚ 《法兰西大学丛书》(*Collection des Universités de France*)希法语对照本《亚理斯托芬(Aristophane)集》第3册33页《群鸟》(*Les Oiseaux*)199—200行,译者范戴尔(Milaire Van Daele)注:"从前把野蛮民族语言归并在不可理解的鸟叫里。"(Les langues barbares étaient assimiliées au gazouillement inintelligible des oiseaux)

㉛ 包阿士(G. Boas)《十七世纪法国思想中的幸福畜生》(*The Happy Beast in French Thought of the Seventeenth Century*)(1933)41页。

㉜ 《中国六十年》355—358页《董恂、一位中国学者》。

㉝ 醒醉生《庄谐选录》卷三。参看《官场现形记》四六回童子良道:"那里有这许多国度!"忧患余生《邻女语》一二回徐桐道:"他们外国那有许多国名!⋯⋯你看古书

上那有什么'英吉利'、'法兰西'等名字?"

㉞　参看张德彝《四述奇》光绪二年十二月初九日、五年正月初一日;李凤苞《使德日记》光绪四年十二月初六日;薛福成《出使英、法、义、比四国日记》光绪十六年十二月初六日。

㉟　《泰晤士报文学副刊》(*T.L.S.*)1981年5月1日版492页。

㊱　格来格(J. Y. T Greig)编《休谟书信集》(*Letters of David Hume*)(1932)第1册242页。

㊲　李·亨特《散文选》(*Selected Essays*),《人人丛书》(*Everyman's Library*)本165页。

㊳　卢卡斯(E. V. Lucas)编《兰姆姐弟合集》(*Works of Charles and Mary Lamb*)(1903—1905)第7册596页。古尔蒙(Remy de Gourmont)《文学漫步》(*Promenades littéraires*)第3辑有一篇文章,说假如把外国名人的姓氏意译成法语,读者对他们的"幻想"(illusions)会大受损害;所举英国名人的例就有培根(Bacon)意译为"猪"(cochon),兰姆意译为"羊"。

㊴　《郎费罗传》第1册380页。

㊵　参看海姆(R. Haym)《赫尔德》(1958)东柏林重印本第2册201页。叔本华《哲学小品》(*Parerga und Paralipomena*)25章299节也认为这是译诗的惟一办法,然而很不"保险"(misslich),道生(P. Deussen)编《叔本华全集》(1911—29)第5册627页。

㊶　格雷芙斯(Robert Graves)极口赞美这个定义为"绝妙的乡曲之见"(splendid provincial definition),《故事、谈话、散文、诗歌、历史》(*STEPS*)(1958)142页。奥登(W. H. Auden)却说这个定义"似是而非"(Looks plausible at first sight but will not quite do),《染色匠人的手》(*The Dyer's Hand And other Essays*)(1962)23—24页。当然,但丁从声调音韵(cosa per legame musaico armonizzata)着眼,最早就提出诗歌翻译(della sua loquela in altra trasmutata)的不可能,见《席上谈》(*Il Convivio*)1篇3节,穆尔(E. Moore)与托音贝(P. Toynbee)合编《但丁集》244页。

㊷　摩尔根斯特恩《讽刺小诗与警语》(*Epigramme und Sprüche*)(1921)45页。

㊸　亨利·金《送窆》(*The Exequy*),圣茨伯利(G. Saintsbury)编《查理时代小家诗合集》(*Caroline Poets*)第3册197页。

㊹　《恶运》(*Le Guignon*),勒唐戴克(Y. G. Le Dantec)编《波德莱尔集》,《七星(la Pléiade)丛书》本92页,参看1386页注。

㊺ 见费尔泼斯(W. L. Phelps)《自传附书信》(*Autobiography with Letters*)(1939)324页。

㊻ 兰让德(Jean de Lingendes)《亚尔西唐说》(*Alcidon parle*),卢塞(J. Rousset)编《法国奇崛派诗选》(*Anthologie de la Poésie baroque française*)(1961)第1册87页,参看262页注;斯宾塞(Edmund Spenser)《情诗集》(*Amoretti*)第75首,格林劳(E. Greenlaw)主编《全集》中《小诗集》(*Minor Poems*)(1958)第2册226页;马利诺(G. B. Marino)《情变》(*Fede rotta*),乔治·凯(George Kay)编《企鹅本意大利诗选》(*The Penguin Book of Italian Verse*)(1958)219页。伏尔太《查迪格》(*Zadig*)以海边为溪(ruisseau)边,蓬莫(R. Pomeau)编伏尔太《小说与故事集》(*Romans et Contes*)(1966)67页。布渥尔神父(Dominique Bouhours)《对话集》(*Les Entretiens d'Ariste et d'Eugène*)(1671)第一篇讲一个西班牙女郎在海滩沙上不写情人的名字,而写一句誓言:"宁死也不变心"(Antes muerta que mudada),新版(Armand Colin, 1962)20页。在兰德(W. S. Landor)的诗里,意中人当场微笑道:"傻孩子!你以为你在石头上写字呢!"(You think you're writing upon stone),《虚构的对话与诗歌集》(*Imaginary Conversations and Poems*)《人人丛书》本351页。

㊼ 《鲁宾逊飘流记》,《世界经典丛书》(*The World's Classics*)本198页。

㊽ 帕克《约翰·中国人及其他几个人》(*John Chinaman and A Few Others*)(1901)62页。

㊾ 《国朝正雅集》卷八十六选董恂五律一首、七律二首。这部选集多至一百卷,采录的是乾、嘉到符葆森同时人的诗。像许多广收同时人作品的选集一样,它又一次证明(假如需要证明的话)两点:一、写诗、刻诗集的人多绝不等于诗人多;二、评选诗文常是社交活动,而不是文艺活动。

㊿ 缪艮《文章游戏》初编卷四。

(51) 斌椿《乘槎笔记》同治五年十月初二日。

(52) 志刚《初使泰西纪要》同治六年十二月初十日。

(53) 郭嵩焘《养知书屋诗集》卷十二《昭君怨和董韫卿尚书》、卷十三《次韵朱香孙始自海外归见赠》第一首。

(54) 张德彝《四述奇》光绪四年六月十三日。

(55) 钱德培《欧游随笔》光绪八年五月初五日。

(56) 梁溪坐观老人《清代野记》卷上《李文忠致谤之由》。张祖翼是桐城人,久寓无锡,所以他用这个笔名。

(57) 王韬《蘅华馆诗录》卷四《目疾》。

㊽ 汉滨读易者《张文襄幕府纪闻》卷下《看画》。

㊾ 《国朝正雅集》卷八十五也选了他的五古一首、五律三首、七绝一首。符葆森的《诗话》引他的一首诗题说:"在云南得首乌大如栲栳,制美髯丹服之,是年即髯长尺余。"斌椿的那部长胡子是他在外国造成好印象的一个因素(With long beard, wise look, and courtly bearing, he everywhere made a favourable impression),见《中国六十年》373页。

㊿ 斌椿《乘槎笔记》同治五年五月十八日、二十九日、六月初一日;张德彝《航海述奇》同治五年五月十七日。张德彝说名"传"空间里的"五洲"就等于名"传"时间里的"千古",暗合斯达尔夫人(Mme de Staël)的名言:"外国人就是当代的后世。"(Les étrangers sont la postérité contemporaine)

㉛ 斌椿《海国胜游草·包姓别墅》第二首。

㉜ 高锡恩《友白斋集》卷八《夷闺词》第三首:"寄语侬家赫士勃(自注:夷妇称夫曰赫士勃[husband]),明朝新马试骑来";第八首:"纤指标来记新,度埋而立及时春(自注:夷人呼娶亲为'度埋而立'[to marry])。"高氏卒于同治七年,但那八首诗作得早,咸丰五年(1855)刊行的李家瑞《停云阁诗话》卷八已引了五首。光绪十四年版《观自得斋丛书》里署名"局中门外汉戏草"的《伦敦竹枝词》是张祖翼写的,《小方壶斋舆地丛钞》再补编第十一帙第十册里张祖翼《伦敦风土记》其实是抽印了《竹枝词》的自注。王韬《瓮牖余谈》卷三《星使往英》提到"道光壬寅年间"(一八四二)吴樵珊作《伦敦竹枝词》数十首,那是另一部作品,我没有看到。张祖翼诗里用译音字很多,例如第二十四首:"二八密司亲手卖,心慌无暇数先令","密司"就是斌椿诗里的"弥思";第四首咏维多利亚后:"五十年前一美人,居然在位号'魁阴'",音译 queen 字,又说出王后是"阴"性的"魁"首,颇有巧思。音译外语入诗并不限于轻松和打油的近体,也偶见于正经的古体,例如赵之谦《悲盦居士诗剩·子奇复用前韵成〈闽中杂感〉四章见示,依次答之》二:"呼'度'一吠凡犬驯(自注:夷呼犬曰'度',人声),物有相畏性所因","度"就是《文明小史》三十四回所谓"外国的道獔[dog]"。这些都早于梁启超《饮冰室诗话》讲的"喀私德"、"巴力门"。后来像柯绍忞《蓼园诗钞》卷二《严绍光西湖雅集图》:"古人图画难俱述,谁似符头孤列勿?"自注:"译言摄影[photograph]",也是清末守旧派诗篇中一个特出的例。

㉝ 洪勋《游历闻见总略》。洪勋在光绪十三至十五年游历意、西、葡、瑞典、挪威、英、德、法各国。

㉞ 刘锡鸿《英轺日记》(《小方壶斋舆地丛钞》初编十一帙二册一九九页)。

㉟ 一个有趣的例外是王之春《使俄草》光绪二十一年正月二十三日日记:"礼官等来,……请至皇家大戏院观剧。……出名《鸿池》,假托德世子惑恋雁女而妖鸟忌

之。"《鸿池》正是《天鹅湖》的最早译名,借用了汉代御沼的现成名称(见《后汉书·安帝纪》,又《赵典传》,又《百官志》三)。也许因为译名太古雅了,现代学者没有对上号来。

(66) 李凤苞《使德日记》光绪四年十一月二十九日。

(67) 《张文襄幕府纪闻》卷下《自强不息》。这也是一向被忽略的文献。

(68) 《使德日记》光绪四年十月初十日:"谒外部尚书毕鲁,……握苞手曰:'……许久未见,英语当更纯熟。'"

(69) 《威尼斯小诗》(*Venezianische Epigramme*) 17首,汉堡版 (Hamburger Ausgabe)十四册本《歌德集》(1982)第1册179页。

(70) 李凤苞原是带领严复、马建忠等"官生"出洋的"监督"。他在德国公使任内,向厂商订货时索贿(参观汪康年《庄谐选录》卷一、沈瑜庆《涛园集》卷一《哀余皇》);是个典型的官僚。他这节日记长期湮没无闻;听说明年[1982]要大规模纪念歌德,我愿意再度唤起对它的注意。

(71) 钟叔河同志编订郭嵩焘日记未刊手稿,使我看到《使西纪程》里删节的部分。光绪三年七月初三日郭嵩焘参观"达克斯登塞尔里布来申会",从陈列品上,得知有莎士比亚其人:"闻其最著名者,一为舍色斯毕尔。为英国二百年前善谱出者,与希腊诗人何满得齐名。其时有买田契一纸,舍色斯毕尔签名其上,亦装饰悬挂之。……一名毕尔庚……"那个"会"准是"Caxton Celebration",郭氏误听"喀"音为"达"音,又误听"荷马"有"得"音,"培根"有"尔"音。光绪三年正月初九日,他到英国还不满一月,已下了结论:"此间富强之基与其政教精实严密,斐然可观,而文章礼乐不逮中华远甚。"

(72) 黎庶昌《西洋杂志·加尔得陇大会》。

(73) 也就是蒲伯名句所嘲讽的,一般评论很势利,听说是达官贵人的手笔,歪诗立即变为杰作 (What woeful stuff this madrigal would be, / In some hackney sonneteer, or me! / But let a lord once own the happy lines, / How the wit brightens, how the style refines! —Pope, *An Essay on Criticism*, 418–421)。

(74) 崇彝《道咸以来朝野杂记》。

(75) 《四述奇·自序》。

(76) 《中国六十年》316、380页。

(77) 《四述奇》光绪三年六月初一日。

(78) 例如《航海述奇》同治五年三月二十八日记载狎妓的卫生措施,《八述奇》光绪三十一年四月二十四日描写时髦妇女各种假发式附图。

(79) 冈千仞《观光纪游》明治十七年十二月二十一日。

㉚ 《八述奇》光绪三十一年六月初十日。三十年六月初九日张氏在"阿代勒扉戏园"戏剧名《埃木里》,详记情节;显然他不知道本事出于迭更司的小说,就是林纾译的《块肉余生述》。

㉛ 从林纾序文摘录几句:"嗟夫!葛利佛其殆有激而言乎!……当时英政不能如今美备,葛利佛佗傺孤愤,拓为奇想,以讽宗国。……嗟夫!屈原之悲,宁独葛氏!"

㉜ 缺名《舟行纪略》(《小方壶斋舆地丛钞》初编十二帙二册一二六至一二七页)。

㉝ 休谟《人性论》(*Treatise of Human Nature*) 3卷1部1节,塞尔比别格(L. A. Selby-Bigge)编本(1896)469页,参看460页。

一节历史掌故、一个宗教寓言、一篇小说*

　　诺法利斯（Novalis）认为"历史是一个大掌故"（Geschichte ist eine grosse Anekdote），那种像伏尔太剪裁掌故而写成的史书（eine Geschichte in Anekdoten）是最有趣味的艺术品（ein höchst interessantes Kunstwerk）①。梅里美（Mérimée）说得更坦白："我只喜爱历史里的掌故。"（Je n'aime dans l'histoire que les anecdotes）②在史学家听来，这是文人们地地道道的浅见薄识，只追求小"趣味"，看不到大问题。十九世纪初的文人还敢明目张胆那样说。在人文科学里，历史也许是最早争取有"科学性"的一门，轻视或无视个人在历史上作用的理论（transpersonal or impersonal theories of history）已成今天的主流，史学家都只探找历史演变的"规律"、"模式"（pattern）或"韵节"（rhythm）了③。要是现在的文人肯承认兴趣局限于掌故，他多少得陪着笑脸，带些自卑的语气。不过，假如他说自己专为看故事才去读宗教经典，他一定理直气壮，对宗教学家甚至信徒

　　＊　《文艺研究》1983第4期刊登。这是改定本。

都不会心虚道歉。这种分别对待的态度很可以测验当代学术里的"舆论气候"(climate of opinion)。

实际上,一桩历史掌故可以是一个宗教寓言或"譬喻",更不用说可以是一篇小说。

西晋三藏竺法护译《生经》第十二篇《舅甥经》的全文如下:

姊弟二人。姊有一子,与舅俱给官御府,织金缕、锦绫、罗縠珍好异衣。见帑藏中琦宝好物,贪意为动。即共议言:"吾织作勤苦不懈,知诸藏物好丑多少,宁可共取,用解贫乏乎!"夜入定后,凿作地窟,盗取官物,不可赀数。明监藏者,觉物减少,以启白王。王诏之曰:"勿广宣之,令外人知。舅甥盗者,谓王多事,不能觉察,至于后日,遂当慑[玩?]伏,必复重来。且严警守,以用待之。得者收捉,无令放逸。"藏监受诏,即加守备。其人久久,则重来盗。外甥教舅:"舅年尊,体羸力少,若为守者所得,不能自脱。更从地窟,却行而入。如令见得,我力强盛,当济免舅。"舅适入窟,为守者所执,执者唤呼,诸守人捉。甥不制,畏明日识,辄截舅头,出窟持归。晨晓藏监,具此启闻。王又诏曰:"舆出其尸,置四交路。其有对哭,取死尸者,则是贼魁。"弃之四衢,警守积日。于时远方,有大贾来,人马车驰,填喧塞路,奔突猥逼。其人射闹,载两车薪,置其尸上。守者明朝,具以启王。王诏:"微伺,伺不周密。若有烧者,收缚送来。"于是外甥,将教僮竖,执炬舞戏,人众总闹,以火投薪,薪燃炽盛。守者不觉,具以启王。王又诏曰:"若已蛇维,更增守者,严伺其骨。来取骨

165

者,则是原首。"甥又觉之,兼猥酿酒,特令醇厚。诣守备者,微而酤之。守者连昔饥渴,见酒众共酤饮,饮酒过多,皆共醉寐。俘囚酒瓶,受骨而去。守者不觉,明复启王。王又诏曰:"前后警守,竟不级获。斯贼狡黠,更当设谋。"王即出女,壮严璎珞,珠玑宝饰。安立房屋,于大水旁,众人侍卫,伺察非妄,必有利色,来趣女者。素教诫女,得逆抱捉,唤令众人,则可收执。他日异夜,甥寻窃来,因水放株,令顺流下,唱叫奔急。守者惊趣,谓有异人,但是株杌。如是连昔,数数不变,守者玩习,睡眠不惊。甥即乘株,到女室。女则执衣。甥告女曰:"用为牵衣?可捉我臂。"甥素殃黠,豫持死人臂,以用授女。女即放衣,转捉死臂,而大称叫,迟守者瘛。甥得脱走。明具启王,王又诏曰:"此人方便,独一无双,久捕不得,当奈之何!"女即怀妊,十月生男,男大端正。使乳母抱行,周遍国中,有人见与呜噈者,便缚送来。抱儿终日,无呜噈者。甥为饼师,住饼炉下。小儿饥啼,乳母抱儿,趣饼炉下,市饼哺儿。甥既见儿,即以饼与,因而呜之。乳母还白王曰:"儿行终日,无来近者,饥过饼炉,时卖饼者,授饼乃呜。"王又诏曰:"何不缚送?"乳母答曰:"小儿饥啼,饼师授饼,因而呜之,不意是贼,何因囚之?"王使乳母,更抱儿出,及诸伺候,见近儿者,便缚将来,甥沽美酒,呼请乳母,及微伺者,就于酒家劝酒,大醉眠卧,便盗儿去。醒悟失儿,具以启王。王又诏曰:"卿等顽骏,贪嗜狂水,既不得贼,复亡失儿。"甥时得儿,抱至他国,前见国王,占谢答对,因经说谊。

王大欢喜,辄赐禄位,以为大臣,而谓之曰:"吾之一国,智慧方便,无逮卿者。欲以臣女,若吾之女,当以相配,自恣所欲。"对曰:"不敢!若王见哀,其实欲索某国王女。"王曰:"善哉!"从所志愿。王即有名,自以为子,遣使者往,往令求彼王女。王即可之;王心念言:"续是盗魁,前后狡猾。"即遣使者:"欲迎吾女,遣其太子,五百骑乘,皆使严整。"王即敕外,疾严车骑。甥为贼臣,即怀恐惧,心自念言:"若到彼国,王必被觉,见执不疑。"便启其王:"若王见遣,当令人马五百骑,具衣服鞍勒,一无差异,乃可迎妇。"王然其言,即往迎妇。王令女饮食待客,善相娱乐。二百五十骑在前,二百五十骑在后,甥在其中,跨马不下。女父自出,屡观察之。王入骑中,躬执甥出。"尔为是非,前后方便,捕何叵得。"稽首答曰:"实尔是也。"王曰:"卿之聪哲,天下无双,随卿所愿。"以女配之,得为夫妇。佛告诸比丘:"欲知尔时甥者,则吾身是;女父王者,舍利佛是也;舅者,调达是也;女妇国王父、输头檀是也;母、摩耶是;妇、瞿夷是;子、罗云是也。"佛说是时,莫不欢喜。

这篇词句生硬的译文有了新式标点,清楚多了。我们看到"王曰'善哉'"以下那一大节,给一连串的"王"字搅得眼花,但不至于头晕,还能辨认出谁是谁。"连昔"就是"连夕","见哀"就是"见爱",都是魏晋时用字;"蛇维"常作"阇维"或"荼毗",火化的意思。"呜"即亲吻,只要看《杂譬喻经》第二十二则:"道士便抱其妇咽[颈]共呜,呜已,语婆罗门言:'此是欲味。'"或《大智度论》卷二六《释初品·释十八不共法》:"化作天身小儿,在阿阇世王抱中,王鸣其口,与唾令嗽。"和"嗽"字连结一起,意义更显明。《说文·欠部》段注说"嗽"是"会意兼形声"字,又引《广韵》:"欨嗽、口相就也。"换句话说,正是《清平山堂话本·刎颈鸳鸯会》和明清白话小说里所谓"做个'吕'字"。《世说新语·惑溺》"儿见充喜踊,充就乳母手中鸣之",也是这个意义,通常解释为"抚弄",想是根据《晋书·贾充传》"就而拊之"来的,很不确切。

号称西方史学鼻祖的古希腊大史家希罗多德(Herodotus)《史记》里叙述了埃及古王拉姆泼西尼德斯(Rhampsinitus)时的一桩趣闻,全文据英译本转译如下④:

如是我闻(they told me),王积银多,后世嗣君,莫堪伦比。王欲固藏,乃造石室,为贮银库;室之一壁,毗王宫墙。筑室匠狡,虚砌一石,二人协力,即可移动,一人独力,亦能集事。室落成已,聚银为府。尔后多时,匠老垂死,谓其二子,勿忧衣食,告以库壁,有石虚置,石位何处,作何移法,"识此无忘,王之货财,便为汝掌"。父殁不久,二子黑夜,潜至宫外,按乃父教,即得其石,如意施为,窃取多银。王后启藏,睹贮银箧,不复满溢,遂大惊怪,而门密闭,封缄未损,无可归罪。贼窃再三,王频检视,见银续减,命设机关,傍逼银箧。二贼又来,一先蛇行,至于箧处,顿陷机中,无复脱理。急呼厥昆,示己处困,而谓之曰:"趣断我首,免人辨认,殃及汝身。"弟解其意,依言而行,还石原处,携头回家。诘旦王来,睹无头尸,落机关中,户键依然,无出入处,惶惑罔措。

王令肆尸,悬诸墙外,士卒严守,有赴哭者,捉搦以来。

死者有母,痛子陈尸,幸一子存,促其善巧,速取尸归。且恫吓言:"苟违吾志,将告发汝,坐窝主罪。"子为开喻,兹事难成,母意不回,诃责愈厉。子心生计,以驴数头,载诸革囊,中满盛酒,遵大路行。驱近尸所,潜取数囊,弛其束口,酒便洋溢。其人喊呀,复自打头,欲塞囊流,无所措手。守尸卫众,见酒流注,持器奔赴,深自忻喜,不沽得饮。其人佯怒,骂詈卫众。卫众软语,其人回嗔,牵驴道侧,料理酒囊。卫众与言,杂以嘲戏,皆大笑乐。其人取酒,馈众一囊。众藉地坐,其人被邀,遂止偕饮,众皆觞之。复馈一囊,俾共酣畅。卫众沉醉,倒于饮处,烂漫昏睡。贼待夜深,割绳取尸,复侮卫众,剃其右颊,须髯净尽。驱驴载尸,归家报母,不负慈命。

王闻失尸,赫然震怒,殚思尽力,必获巨猾。乃构一策,如是云云,我斯未信(Such is the story, but I myself do not believe it)。王命其女,处一室中,男子求欢,有来不拒;先问彼男,作何罪过,何事最恶,何事最黠,听其道已,方与行欲;如其所述,有同前事,即急执持,无使逸脱。贼察王计,斗智可胜。觅新死人,断臂连肩,匿臂袍下,来至女室。女问如例,贼乃答言:"兄入王室,陷机难拔,已断其头,此事最恶。兄尸陈市,已载酒往,饮卫众醉,得解悬尸,此事最黠。"王女闻已,伸手急捉,于黑夜中,持死人臂,以为得贼。贼由户遁。

王既知闻,叹贼智勇,榜示通国,促贼自首,宥罪获赏。贼遂叩见,王大称许,嘉其慧黠,以女妻之。王因谕众:"以智故论,万国之中,埃及为首,埃及国中,斯人为首。"

这桩掌故,被海涅采作诗料。"拉姆泼森尼脱王登宝殿"(Als der König Rhampsenit/Eintrat in die goldne Halle)那首诗,就是《史记》这一节的改写,还有附注标明来历⑤。结尾婉而多讽,说那个贼驸马爷继承了王位,在他的统治下,盗窃事件极少发生(Wenig, heisst es, ward gestohlen / Unter seinem Regimente)。这对希罗多德的原文也许是画蛇添足,但在海涅的改写诗里正是画龙点睛。

下面一篇译自马太奥·邦戴罗(Matteo Bandello)的《短篇小说集》,一部十六世纪意大利文学名著。中国研究莎士比亚的人会听说到它,因为《白费心力》(*Much Ado about Nothing*)和《罗米欧和朱丽叶》都渊源于这部书。文学史家极口推崇,说它最"富于时代本质"(ricco di sostanza storica),其他十六世纪意大利大大小小作品全比不上⑥。对于这个意见,我连随声附和都没有资格;我只敢说,在读过的薄伽丘的继起者里,我最喜欢萨恺谛(Franco Sacchetti),其次就是邦戴罗⑦。邦戴罗的每篇小说前面,有相当于"入话"或"楔子"的东西,叙述中也常铺比典故和穿插议论,译文把那些枝叶都删除了⑧。

普罗太欧(Proteo)逝世,拉泼桑悌戈(Rapsantico)嗣位,是埃及历史上最富有的国王。他的财产,外加普罗太欧原有的积蓄,多得无可比拟,简直数也数不尽。国内盗风很盛,他担心宫里不保风险。他找到一个心灵手敏的建筑匠,特造一所库房,墙壁坚牢,门用铁裹。这个匠人懂得国王的心思,极力讨好,屋子造来又美观,又坚固。金子的光芒最害人,耀花了好些明眼;那匠人见财起意,贪心一动,再也压不下,就在临街的那垛墙上做了些手脚。墙用大理石严严密密地砌成,但有一块石头没有砌死,屋里还有几块石头也能松动,都安置得不露破绽,知情者在夜里进进出出,谁也不会觉察。库房完工,国王把金银财宝全搬进去,库门钥匙挂在自己腰带上,他对谁都信不过的。

那匠人也许改变了主意,或者别有缘因,他始终没下手。这样一天又一天地拖,他害起重病来了。医药无效,他自知大限临头。他只有两个儿子,叫了他们来,把造库时捣的鬼一五一十告诉他们,教他们怎样把石块移动和还原。他叮嘱清楚,不久就断了气。这两个小子只想不费时日,不花力气,大发横财。老头儿死后没几天,一个夜里,他们携带器械,按计行事,来到库房,实地试验,果然石块应手活动。他们进去,把金子偷个痛快,然后照原样搁放石块,满载而回。

国王经常一个人进那金穴宝库里去消遣,端详各式各样的金币金钱、精铸的金器、成堆的宝石,享受眼福,自信得天独厚,世界上没有第二个这样的大财主。外国使臣或什么大贵人来到,他老忙着带领他们去瞻仰自己的财宝[以下节去六句]。那兄弟俩行窃后,国王照例到库里来,偶尔揭开几个桶子的盖,发现装满的金子减浅了。他大吃一惊,发了好一会的呆。库里找不到有人进来的痕迹,库门是他亲手上锁加封的,打开时也纹风未动。他想不明白什么道理。那兄弟俩又光顾了两三次,桶里的金子继续损失,国王才断定有了贼了。他以为那些刁徒准是设法配了钥匙,仿造了封条,所以随意进出,放手偷东西。他找着一位手艺顶好的匠人,命令他造一个捕捉机,造得非常巧妙,见者人人叹绝。这座机器的力道很足,掉在里面,别说一个人,就是一头公牛也给它扣得结结实实,只有国王本人用钥匙来解开那牢固的重重锁链。国王精细地在金桶间安置了那机器,谁要碰上,就给抓住。他天天来瞧那个贼落网没有。

　　两兄弟还蒙在鼓里呢。一天夜里,他们照常挪动石块,放胆进库。哥哥一脚踏着机关,立刻寸步难行,两条腿夹合一起,再也分不开。他挣扎愈使劲,机器捆扎愈收紧。弟弟忙来解救,用尽手段,也无济于事,那捆住不放的锁链愈解愈紧。这人给机器扣住,自知没有生路,兄弟俩一齐叫苦,遭上了横祸,呼天怨命。哥哥就嘱咐道:"兄弟呵,我误落机关,没有配合的钥匙,谁都打不开这具锁。明天准有人进库,假如国王亲自来到,看见我在这里,咱们的勾当就戳破了。我先得受尽刑罚,被逼招供出犯案的同伙来,到头还难逃一死。就算我咬紧牙关,不肯牵累你,也终保不了命,你也脱不了嫌疑。国王会立刻派人去搜咱们的家,找到那些金子,赃证确凿。妈妈是知情人,得跟咱们一起受刑挨罚。

一家母子三口就死得太惨了!既然一连串祸事摆在前面,咱们得马上挑选害处最小的一桩。我知道自己注定要死,再没有救命的办法。好兄弟,空话少说,白费唇舌,耽误了大事。你狠狠心,把我的头连脖子斫下来,剥光我的衣服,人家就认不出是我了。你把带得了的金子,和我的脑袋、衣服,都扛上肩膀,快溜走吧。记住我的话:这是你末一次来,不能再来了。你很容易掉在这圈套里,身边没有人救你。也千万别和人合伙来冒险;即使你本人没给逮住,你那同犯为了洗身清,博取恩赦,会向国王告发,再不然,他会把秘密泄漏给口风不紧的亲戚朋友。千句并一句,别上这儿送死,别向谁露底。"弟弟听了哥哥恩义深重的忠告良言,也知道别无它法,痛哭起来,实在狠不下心。只有这一位同胞兄弟,要向他下毒手,真是穷凶极恶,天理难容!他只打算陪着哥哥同归于尽。哥哥横说竖说,终算说服了他。那时天将分晓,弟弟背起装满金子的口袋,一边哭,一边拔刀割断哥哥的脑袋,包在尸身上脱下的衣服里,含悲忍痛,和金子口袋一起带出墙外,把石块好好放还原处。他眼泪汪汪,回到家里,妈妈得知惨事,也淌眼泪叹气。母子俩把脑袋埋在家里地下,又把血衣洗净。

明天国王进库,瞧见那光膀子的无头尸,呆了半晌。他想不出贼怎样进来的,丝毫找不到线索。他把那具尸体逐部仔细察看,也不知道是谁;大门封锁依然,牢里铁皮的窗户也没人碰过;难道那贼精通妖术,会用搬运法,否则金子是偷不走的。他气糊涂了。

国王心里老不痛快,下令把尸体示众,悬赏招认。来看的人不少,却没一个认出死者是谁。国王于是下一道新令。远离宝库,逼近大街,有一块草地,那里竖起一个绞刑架,把那尸首两脚朝天倒吊着,由六个人日夜看守。国王严旨:要是尸首给偷走,六个人全得钉死在十字架上;他们务必注意来往行人,瞧见掉泪的、叹气的、流露悲悯的,马上抓住,押送王廷。

贼的母亲非常哀痛,也没人来慰问。她听说儿子尸体像奸细那样倒挂在绞架上,觉得是奇耻大辱,忍无可忍,什么也不顾了。她对二儿子又气又惊地说:"我的儿呀!你杀掉你的同胞哥哥,还割下他的脑袋,仿佛他出卖了你,和你有怨仇似的。你说为了逃命,万不得已,还编了一通话,说他中了圈套,没法儿解救。我不知道你这话是真是假。保不定你想独吞这笔金子,杀害了哥哥,把黑的说成白的来哄我(a me mostri il bianco per il nero)。现在他的尸体又给国王那样糟蹋,我吩咐你夜里去偷它回来,我要把它安葬,好好按礼办事。我给你两天的限期,至多三天。你哥的尸首老挂在那里,我伤心得也活不成。所以你务必弄它回来,要不然,我就去见国王告发你。这不是说着玩儿的。"儿子深知那地方戒卫森严,母亲任性不懂事,向她解释开导,要她回心转意。他说,去偷尸一定给人抓住,娘儿俩都会完蛋;落到国王手里,盗案就破,自己是贼,得受绞刑,她是知谋从犯，必然同一下场。他还讲了好些道理，劝她打消本意。可是，随他讲什么道理，说多么危险，他妈全听不进。她像一匹拗性子的劣马，横着心，不听话，只发疯似的叫嚷，要是儿子不依她，她就到国王那里去自首[以下节去四句]。

娘固执己见，非把那尸首弄回不行，儿子知道违拗她是白搭。这位变得小孩子气的老婆婆有了古怪念头，做儿子的只好挖空心思使她如愿。他胡思乱想出千百条计划，都是难兑现的，盘算来，盘算去，只有一条切实可行，风险也少。家里有两头驴子，正用得着。他把四个皮袋盛满了香甜美酒，酒里都搁麻醉药，装在驴子背上，夜里走近尸场。等到半夜，他假装远路客人，顺着大街，向绞架走去。临近时，他解松捆扎皮袋的绳子，大声呼救。守尸的兵士全跑来，只见皮袋快从驴背掉下。这小伙子作出气恼样子，生怕袋里的酒外流；多亏大家帮忙，他又把皮袋在驴背上扎稳。他忙向众人道谢，说："壮士们，多亏了各位了！我是贩酒的，靠它养家活口。今天要没有你们，我的酒就流光，我的本钱也折光了。我真感激不尽。表示一点儿谢意，我请各位赏脸喝几口酒，品品这酒的好味道。"他从背包里拿出面包和熟肉，一起坐下吃喝。卫兵们一尝那香甜美酒，放开喉咙，大杯子直灌，不多时个个昏倒，躺在地上，鼾呼大睡。这乖觉的小伙子一滴酒也没喝，立刻从绞架解下哥哥的尸体，又挂上去一个酒袋作替身，高高兴兴回家。临走，他还把那些醉汉右颊上的胡须剪掉。

国王明天听到消息,对那贼的本领十分惊叹,称赞他智勇双全。一个人为了遂心如愿,往往不恤丢脸,什么下流事儿都干得出;这位国王要找到那个精细刁钻的贼,也就不择手段。他有一个待嫁的女儿,十八九岁年纪,十二分人才。他布告全国:谁都可以和这位王女欢度良宵,但是那人得先指天宣誓,不撒谎隐瞒,把干过的奸诈勾当讲给她听,才许和她亲热。王女去住在一所私宅里,夜不闭户。国王叮嘱她,要是来人自述盗过金库、斩过贼头、偷过尸首、哄过卫兵等等,快抓住他不要放手。好一位昏君!还算是一国之王呢!他这种荒唐意愿就和孕妇的奇怪食欲也差不多了[以下节去一句]。

那犯案累累的小伙子看见庄严颁布的上谕,心里明白,就打算再捉弄国王一次。恰巧一个杀人犯被法庭处决,支解成为四块。他在黑夜里偷偷从尸体上割下一支手臂,然后到王女那里去。王女牢记父王的面谕,巴巴地等候着。他登门入室,直到床前,说特来和她双双同睡。她说很欢迎,但必须遵照告示办事。他把所作所为一股脑儿讲了。王女很有勇气,两手揪他,这鬼精灵家伙把那条死人断臂送在她手里,溜之大吉。公主又怕又惊,满以为自己劲儿太大,扯断了来人的胳膊呢。

国王知道又中狡计,断定那贼是个有才有胆的非常人物,应该破格重用。他于是公告全国,召犯案者入朝面君,诸罪赦免,并有重赏。那小伙子就来叩见国王,把前后坏事源源本本陈述一遍。国王听着,惊奇赞叹,把女儿配他为妻,封授他一等男爵。好多王公贵人都是这样起家的,他们位高爵贵的来头并非德行,而是为非作恶(E cosí avviene che molti sono chiamati nobili, la cui nobiltà cominciò per commesse sceleraggini, non per opere vertuose)。那个残杀同胞、盗窃财产的贼种就也摇身变为贵族和上等人了。

海涅把希罗多德的记载随意改编,邦戴罗把白描的简笔画点染成着色的工笔画,但对原来的故事线(story line)还是贴得紧紧的⑨。两篇有一点很相像。仿佛蜜蜂的尾巴是尖刺,诗的收梢是冷嘲,小说的结束是热讽。邦戴罗的末了两句也许正是所谓"富于时代本质"的例证。他是马基雅弗利(Machiavelli)同时人,这部《小说集》里有一个大笑话,就是马基雅弗利亲口讲的,那篇的"入话"还描写马基雅弗利操练士兵时出的丑⑩。马基雅弗利观察古今社会和政治生活,归纳出一个臭名昭著的事实:"导致光荣显赫的欺骗和罪恶"(frodi onorevoli, sceleratezze gloriose)⑪,邦戴罗对那个贼的美满收场,也鉴古慨今,发了同样的议论。

《生经》、《史记》、《小说集》三部书显然讲了同一件事。希罗多德不用说是邦戴罗的来历;我近来看到两个意大利民间故事,《一对贼搭当》(Cric e Croc)和《强盗被盗》(L'uomo chi rubò ai banditi),都有辗转承袭的痕迹⑫。佛经和古希腊史曾结下这段文字因缘,很耐玩索,我不知道是否有人指出或考订过。《舅甥经》是"佛告诸比丘"的;三篇相形之下,佛讲故事的本领最差,拉扯得最啰嗦,最使人读来厌倦乏味。有不少古代和近代的作品,读者对它们只能起厌倦的感觉,不敢作厌倦的表示。但是,我相信《生经》之类够不上特殊待遇,我们还不必就把厌倦当作最高的审美享受和艺术效果。

邦戴罗讲完故事,加上两句论断,说明包含的意义。《舅甥经》是宗教寓言,更有责任点清宗旨,以便教化芸芸众生:"佛告诸比丘:'欲知尔时甥者,则吾身是。'"原来它和全书里其他《经》一样,寓意不过是宿世轮回。整部《生经》使我们想起一个戏班子,今天扮演张生、莺莺、孙飞虎、郑恒,明天扮演宝玉、黛玉、薛蟠、贾环,实际上换汤不换药,老是那几名生、旦、净、丑。佛在这里说自己是甥,在《野鸡经》里说:"尔时鸡者,我身是也";在《鳖猕猴经》里说:"猕猴王者,则我身是。"诸如此类。那个反面角色调达也一会儿是"猕",一会儿是"鳖",一会儿是"蛊狐"。今生和前生间的因果似乎只是命运的必然,并非道理的当然,例如贼外甥犯了盗、杀、淫等罪过转世竟成佛祖,就很难了解或很需要辩解。国王在"诏"里明说"舅甥盗者",而舅甥曾"给官御府";按理两人都是有姓名、有着落的,国王只消派差役拘捕,不就干脆完事了?他偏巴巴地等贼上门。故事虽因此免于流产,情理上很说不通。保不定《生经》也会荣列"名著宝库",那时候自有人细心和耐心地找出各种满意的解释来。《史记》和《小说集》写的是只身单干的贼,独往独来;佛经里这个贼有一伙家里人充帮手,"将教僮竖",本领就此比下去了,保密程度也降低了。为了使"守者"麻痹大意,他连夜"因水放株",干的活儿不轻,定的计策很笨。《史记》和《小说集》都容许我们设想有些"利色"之徒不肯错过好机会,但因交代的罪行对不上口,于是取乐一番,逍遥离去;那个贼是惟一没有得手而险遭毒手的人。《舅甥经》里的贼是第一个、也是惟一的冒险采花者,似乎公主静静地、乖乖地由他摆布,到她伸手抓来人、放声叫"守者"时,早已让他得尽便宜。要不然,她哪里会"怀妊十月生男",而且那孩子货真价实是他下的种呢?这里的叙事很有破绽;也许表面上的败笔恰是实际上的妙笔,那要擅长文评术语所谓"挽救"或"弥补"(recuperation)的学者来证明了。《史记》和《小说集》里的贼有个母亲,佛经里的贼有个儿子;那母亲起了发动机的作用,这儿子只是无谓的超额过重行李。佛经一开头曾提起那贼的母亲("姊有一子"),以后再没讲她;就她在故事里起的作用而论,那贼竟像李逵所说"是土窟坑里钻出来的",没有"老娘"。佛经里把偷尸一事铺张为先烧尸、后偷骨,把入朝面君一事铺张为先在外国做官、后回本国招亲,情节愈繁,上场人愈多,时间愈拖拉,故事就步伐愈松懈,结构愈不干净利落,漏洞也愈大。中世纪哲学家讲思想方法,提出过一条削繁求简的原则,就是传称的"奥卡姆的剃刀"(Occam's razor)。对于故事的横生枝节,这个原则也用得上。和尚们只有削发的剃刀,在讲故事时都缺乏"奥卡姆的剃刀"。

希罗多德写的是历史,有传真记实的职责。他对真实性的概念,当然远不如后世历史家那样谨严。但是他对神话、传说等已抱有批判态度,并不一概采用,正像咱们的司马迁在上古"轶事"里,只"择其言尤雅者",才写入《太史公书》⑬。希罗多德写到埃及王定下美人计,使亲生女儿沦为犯罪分子不花钱来嫖的娼妓,也觉得这事太荒唐离奇,一般读者准以为不可能,因而不足信。照顾普通人的常情常识,同时维护历史家的职业道德,他特意插进一句话:"如是云云,我斯未信。"既把它大书特书,又自表不轻信全信,仿佛又做巫婆又做鬼,跟兔子逃跑而也和猎狗追赶。这样一来,两面都顾全了。这个修辞上的策略可以表现为各种方式,从《庄子·齐物论》:"予尝为汝妄言之,汝以妄听之",到现代英美流行语:"信不信由你!"(Believe it or not!)⑭文艺作品里的情事原是乌有子虚,但作者讲到常情常识不易接受的事,也往往采取同样手法,向读者打招呼,为自己卸责任⑮。就从邦戴罗的同世纪本国人杰作里举一个例,差不多是希罗多德那句话的翻版。阿里奥斯托(Ariosto)叙事诗的女主角(Angelica)告诉人说,自己虽然和男主角(Orlando)多年一起漫游,依然是个黄花闺女(E che'l fior virginal cosí avea salvo, /Come se lo portò del materno alvo);作者于是插话道:"这也许是事实,然而头脑清醒的人不会相信。"(Forse era ver, ma non però credibile/ A chi del senso suo forse signore)⑯邦戴罗大大充实了原有故事的内容,增添了人物的内心活动和对话,周密地补加细节,例如剥去尸身衣服、酒里下蒙汗药,还裁减一些曲折,省得故事拐弯、走冤枉路,例如兵士喝酒序幕的简化。他对国王的美人计,准也觉得岂有此理、或无其事,需要照顾常情常识,向读者打个招呼,所以他强调国王的"不恤丢脸"、"不择手段"、"昏君的荒唐意愿"。归根结底,这是出于作者的一种客观真实感、一种对事物可能性的限度感。作者没有这个感觉,就不会想到那种需要。在某一意义上,这个感觉对作者的自由想像是牵制,是束缚,正如文娱和体育游戏的规则拘束了下棋者或足球运动员的手脚。然而即使在满纸荒唐言的神怪故事里,真实事物感也是很需要的成分;"虚幻的花园里有真实的癞哈蟆"(imaginary gardens with real toads in them)⑰,虚幻的癞哈蟆处在真实的花园里,相反相成,才添趣味。绝对唯心论也得假设客体的"非我",使主体的"我"遭遇抗拒(Anstoss)而激发创造力,也得承认客观"必然性",使主动性"自由"具有意义和价值。这是同样的道理。佛讲故事时,常常缺少些故事里需要的真实事物感,《舅甥经》也是一例。也许我们不应该对佛这样责望,因为他并没有自命为小说家、历史家或传记家。

注

① 《碎金集》(*Fragmente*)4部17节,米诺(J. Minor)编《诺法利斯集》(*Schriften*)(1923)第3册6页。

② 《查理九世王朝纪事》(*Chronique du règne de Charles IX*)《自序》,梅里美《小说与故事集》(*Romans et nouvelles*),《七星(la pléiade)丛书》本31页。

③ 参看柏林(I. Berlin)《历史的必然性》(*Historical Inevitability*)(1945)5—8页。

④ 希罗多德《史记》第2卷121章,戈德来(A. D. Godley)英译,《罗卜(Loeb)古典丛书》本第1册415—423页。

⑤ 《歌谣集》(*Romancero*)第1卷《故事诗》(*Historien*)1首,海涅《诗文书信合集》(*Werke und Briefe*)(东柏林版,1961)第2册7—10页,自注见181—182页。

⑥ 弗洛拉（F. Flora）语，转引自罗索（L. Russo）编《文学批评论文选》(*Antologia della critica letteraria*)（修订二版，1958）第2册207页。

⑦ 参看《管锥编》（一）633页注①、《管锥编》（三）86页、400页注①，《管锥编》（四）346页、527页。

⑧ 布洛纽利果（G. Brognoligo）编《邦戴罗小说集》(*Le Novelle*)（修订2版，1928）第1卷25篇，第1册334—343页。

⑨ 《十日谈》的第一部仿作、佛罗伦萨人约翰牧师（Ser Giovanni Fiorentine）的《公羊集》(Il *Pecorone*)第九日第一篇威尼斯建筑匠父子的遭遇，也根据希罗多德，但情节添改得很多。关于这个故事在希、意、法、英作品中的传布，英语里很早的西洋小说史、约翰·邓洛普（John Dunlop）《小说史》(*The History of Fiction*)（1814）就有考论。柯尔律治（Coleridge）曾臭骂这本书，称作者为"文评直肠里钻出来的蛆虫"（a worm from the Rectum of Edinburghian Criticism）——《书信全集》(*Collected Letters*)，格里格士（E. L. Griggs）编本（1956—71）第4册647—648页。然而邓洛普的开路功绩是不容低估的。我的一本是1845年4版，亡友郑西谛先生所赠，有关这个故事的一节见250—251页。

⑩ 《小说集》第1卷40篇，第2册83—100页。

⑪ 参看《君主论》(Il *Principe*)8章，《读古史论》(*Discorsi*)3卷40章，《加斯脱拉加尼传》(*Vita di Castruccio Castracani*)7章，《佛罗伦萨史》(*Historie fiorentine*)6卷17章——庞方提尼（M. Bonfantini）编《马基雅弗利集》(*Opere*)，《理却地》(Riccardo Ricciardi)意大利文学丛书》本28—31页，409页，555页，843页。斐尔丁《大伟人华尔德传》(*Jonathan Wild the Great*)第4卷15章里那十五句格言可算是这种理论的提纲。

⑫ 加尔维诺（Italo Calvino）编选《意大利民间故事》(*Italian Folktales*) 17则、193则，马丁（G. Martin）英译本（1980）51—52页、689—690页；参看719页、756页自注。

⑬ 希罗多德在《史记》12卷152章里说得更明白："有闻必录，吾事也；有闻必信，非吾事也。斯言也，蔽吾全书可也"(For myself, though it be my business to set down that which is told me, to believe it is none at all of my business; let that satying hold good for the whole of history.—Op. cit., vol. IV, p. 463; cf. vol. II, pp. 225, 307, vol. IV, p. 123)。参看考林沃德（R. G. Collingwood）《史的观念》(*The Idea of History*)（1946）18—19页说希罗多德的书名在希腊语里就有"考究探讨"(investigation or inquiry)的意思；又《管锥编》（一）481—483页。

⑭ 参看巴德列治（E. Partridge）《口头语词典》(*A Dictionary of Catch*

Phrases)(1977)22页。

⑮ 参看《管锥编》(二)801—805页、《管锥编》(三)314页、《管锥编》(四)148页。

⑯ 《奥兰都的疯狂》(*Orlando furioso*)第1篇55节,《欧伯利(Hoepli)经典丛书》本6页;参看第19篇33节又第31篇61节,194又335页。先于阿里奥斯托的博亚尔多(Boiardo)在他的叙事长诗里,写奥兰都是位"鲁男子",曾和美女(Leodilla)露宿荒野,"一宵无话",美女很失望,作者于是插话道:"据说这位伯爵一辈子是童身,你信不信听便。"(Turpino affirma che il conte de Brava/ Fo ne la vita sua vergine e casto./Credete voi che vi piace ormai)——《奥兰都的恋爱》(*Orlando innamorato*)第1卷24章14—17节,加桑谛(Garzanti)版第1册444页;参看同卷25章39节、29章48节,又第2卷4章11节,466、537又606页。斯宾塞(Edmund Spenser)的长篇叙事诗也写过一位英雄和两个美人(Aemylia, Amoret)野宿,作者马上慨叹世风日下,人心不古,出面保证说,古代人都非常老实和贞洁,律己克欲,决不干伤风坏纪的事(antique age....did live.../ In simple truth and blameless chastitie./...And each unto his lust did make a lawe,/From all forbidden things hi liking to withdrawe)——《仙后》(*Faerie Queene*)第4篇8章30节,司密斯(J.C.Smith)编本,牛津版第2册101页。这都是出于可能性限度感的卸责任或打招呼。

⑰ 玛丽安·摩尔(Marianne Moore)《诗》(*Poetry*),摩尔(G.Moore)编《企鹅本美国诗选》(*The Penguin Book of American Verse*)(1979)346页。

附　录

《也是集》原序

　　李国强先生要我自编一本文集,交给他出版。我很为难;几十年前的旧作都不值得收拾,近几年新写的又太少,一时上也增多不起来。马力先生出了个主意,费了些劳动,拼凑成这本小书。它与其说是我的成果,不如说是这两位朋友的美意的标志。钱曾的"也是园"以藏书著名,我不避顶冒我那本家牌子的嫌疑,取名《也是集》,也算是一部文集吧。

　　我写这些东西时,承马蓉女士、栾贵明、董衡巽、薛鸿时、郑士生四先生不辞烦琐,经常为我查核资料,敬致感谢。

一九八三年六月

　　我后来发现清初人写过一部著作,也题名《也是集》。吴庆坻《蕉廊脞录》卷五:"江阴李本(天根)《爝火录》三十二卷,乾隆十三年六月自序,记福、潞、唐、桂、鲁诸王、台湾郑氏、三藩事。引用书目,附录于左:……《也是集》,自非逸叟。……"即使有一天那部著作找到而能流传,世界虽然据说愈来愈缩小,想还未必容不下两本同名的书。一九八四年三月附识。

《旧文四篇》原序

　　我在发表过的文章里,选了四篇,合成这个小集。第一篇登载在《开明书店二十周年纪念文集》里,第二、三篇登载在《文学评论》里,第四篇登载在《文学研究集刊》里——这两个都是社会科学院文学研究所的刊物。第一篇写于三十年前,第四篇的写作时期最近,也去今十五年了。这次编集时,我对各篇或多或少地作了修改,第一篇的改动最多,但是主要论点都还没有变换。它们仍然是旧作,正像旧家具铺子里的桌椅床柜等等,尽管经过一番修缮洗刷以至油漆,算不得新东西的。

　　这本贫薄的小书的编选,是出于魏同贤同志的建议。栾贵明、马蓉两同志为我查对了一部分中文引文,施咸荣、朱虹、董衡巽三同志为我查对了一部分外文引文,使我减少了些错误。一并致谢。

一九七八年十月

出版后记

《七缀集》是"全部《旧文四篇》和半部《也是集》的合并",一九八五年由上海古籍出版社出版,一九九四年由该社出版了最后的修订本。其间,台湾书林出版公司的《钱锺书作品集》和花城出版社的《钱锺书论学文选》,均收录了《七缀集》,钱先生于其中有所增补修订。三联繁体字初版《钱锺书集》中的《七缀集》以上海古籍版一九九四年钱先生的最后定本为底本,但鉴于该版本未采用《钱锺书论学文选》中《七缀集》里的部分增订内容,为了尽量保全钱先生著述的内容,经杨绛先生同意,我们在此次重排再版时增补了这部分内容,并用楷体字标出。特此说明。

生活·讀書·新知三联书店
二〇〇二年三月二十五日